天上的佁公

大地上的我们

在风像现在这样静止的时候
凡是你思考的和喜欢谈的事
我们都愿意听
都愿意与你谈

今晚
你拉着我的手
与你一起

天空像日出时，迸裂
粉紫色的云彩搭在我们的肩上

大地似日落般，盛装
火红的晚霞飘在我们的头顶

如梦者，此真梦也
真梦如镜，忽得境界，物我共生

目睹此情此景
感动
而倏忽飞逝

你拉着我的手
与你一起
我们的旅程

走下去

走下去

走下去

蒋玄佁 著

天下的故事

写　给　恩　戈　和　琼　耳

上海文化出版社

一

小恩戈在十九个月的时候，就把积木叠上一块两块，三块以至十块。

小琼耳在三个月的时候，就爱看着哥哥搭积木。

一块，同我们的房子一样高；十块，就有十层楼的房子一样高了。

立在一层楼的房子上，正像我们窗子里看那远远的戏院。可是上了十层楼，不但可以看戏院，还可以看到婆阿家的阁楼，还可以看到奶奶家的房屋，而且连远远的象鼻子的家——西郊公园也看到了。所以说：站得高，看得远！

小恩戈和小琼耳不但要叠更高的积木，而且要立在更高的积木上看一切。

慧　诘

1974 年 6 月，恩戈出生了。父亲为外孙取名字颇费心思——那时流行的名字不外是炼红、狂飙、革命……父亲想了半天，写了满满一张纸，还是难以抉择，最后一拍桌子说：鲁迅至今没被批判，就努力学习鲁迅吧！去派出所报户口，取名：力迅。

几个月大的孩子躺在小床上，经常自说自话，发出各种声音：“嗯……咕……嗯……咕……”父亲说，小名就按照孩子自己的意思，叫“恩戈”吧，容易上口。“恩”，恩情，“戈”，古代打仗用的兵器，两个意思对立的字组合，意谓化干戈为玉帛。

恩戈长大一点了，喜欢爬上外公的大写字桌。父亲每天在桌前画画、写稿，他就在旁边，摇摇笔架，摸摸毛笔。父亲抱他坐在腿上，握住他拿着笔的小手，在纸上涂抹。恩戈抓了砚上的墨，一个手印一个手印拍在毛毡上，甚至拍在外公的画稿上。外公不生

气，裁了一叠毛边纸，给小恩戈涂涂画画，再用一个生了锈的铁夹夹住，挂在书桌旁的墙上，上面写了纸条："二十个月恩戈涂画。"

以后恩戈继续涂涂画画，也参加了不少儿童绘画竞赛，画上落款都是"恩戈"，陆续寄来的信件和奖状上的名字也都是"恩戈"，渐渐小名取代了大名，一直用到现在。

小琼三岁画
恩龙题

13

琼耳出生于 1976 年 11 月，比哥哥小两岁半。按照当时的计划生育政策，生育二胎必须与第一胎相隔四年，琼耳因此差一点被我们放弃，是父亲母亲坚持说，这是一条生命，有生存的权利，才在经历各种波折之后，将她生了下来。琼耳出生时，父亲因肺癌住院做放疗与化疗，身体很弱，但强烈要求出院回家看看外孙女。他颤颤巍巍在家中椅子上坐下，便急不可待伸出手抱过婴儿。孩子生得瘦弱，不及哥哥出生时的饱满，但五官端正清晰。父亲仔细端详着蜡烛包里的外孙女，说："小家伙，青皮骨肉，有出息！将来一定不得了！""青皮骨肉"是家乡形容"厉害"的土话，父亲反复对我们说，这小家伙将来一定不得了！他把恩戈也拉到怀里，摸着孩子的头，叹息道："两块好玉呀！玉不凿不成器，要好好雕凿！外公真想好好地雕呀……"父亲久久搂着两个孩子，没有再说话。

第二天一早，父亲对我们说，孩子的名字想好了。他又拿出一张纸，这次纸上没有密密麻麻写满各种名字，只有清清楚楚两个大字：琼耳。"琼"，美玉，寓意美好；"耳"，平凡，中国古代哲学家老子就名李耳，寓意智慧。"琼耳"两个字也是对立的统一，兼具高尚与平凡、美好与曲折。

1977 年 2 月，一个大雪纷飞的日子，父亲走了。说来也奇怪，那一年连降几天大雪，父亲追悼会那天却突然放晴，出了大太阳，天边还有彩虹。

又及：当时我们家住在曹家渡五角场，父亲文中说的“戏院”指沪西电影院。“婆阿”（照顾小恩戈的阿婆，小恩戈叫她“婆阿”）家的阁楼在康定路忻康里，稍远。奶奶家在虹桥路，较远。西郊公园，更远了。所以外公说站得高，看得远。

二

旧式的读书人，称天地之间的一切，叫做“天下”，科学家则称为“宇宙”，社会学者，则往往称为“世界”。

我所说的“天下的故事”，则是指古代的事情、现在的事情，近的事情、远的事情，有可知的事情，有不可知的事情。

当然，有大得不得了的事情，有小到比灰尘还小的事情，而且将来，我们把不可知的事情都懂得了，成为可知的事情。

天下的故事，真是有好多好多，有的，我们知道，有的不知道，但是我们要知道得多一些，要懂得更详细一些。

怎么去知道它呢？

我们搭积木一样，搭十层楼高的，二十层楼高的，

一百层楼高的；我们在一百层楼高的房子上看，不是看得很远，看到了很多东西么？但是，我们不但要看，而且还要去摸它。

用什么方法去摸呢？我们坐车去，坐船去，坐飞机去。

是的，我们要把不可知的东西，全懂得。

将来，我们住在自由的王国之中。

欢迎上天来旅行罢
画

怪鸟
恩友七歲画

三

在很早很早以前，大约一百多年以前，英国有个青年，二十三岁，他坐上用布篷做的帆船，这船叫“贝格尔”舰，去环球旅行。

他名叫达尔文，虽然年纪小，可是懂得的东西很多。他在船上，从1831年至1836年间，将环游世界的一切事情，和见到的事物，都记在书上。这本书有六百多张，将三大洋和南美大陆各岛上的各种古代的和现代的动物植物、地质情形，详详细细地全记下了。

因此，他懂得这些动植物及地质，变化到现在的经过情况。这就叫“自然科学”。

他所看到的奇怪的长尾猴、大嘴巴的鸟，那倒不算稀奇，稀奇的是有些动物植物，是已经变成石头，是几万年以前就埋在泥土中的。达尔文因为研究了古代的地

质及动植物，也研究了现在的动植物，所以他发现了世界上一切事物进化的过程。

达尔文，到中年，就根据这些见闻，成为进化论的科学家。

但达尔文只是知道了天下大事的一部分，还有很多很多的事情，他还来不及去知道它。他是从水上去懂得一切的。我们中国，还有个青年是在陆地上走路去懂得一切的。

达尔文（Charles Robert Darwen，1809—1882 年），英国生物学家，著有《物种起源》，提出进化论学说。恩格斯将进化论列为 19 世纪自然科学的三大发现之一。

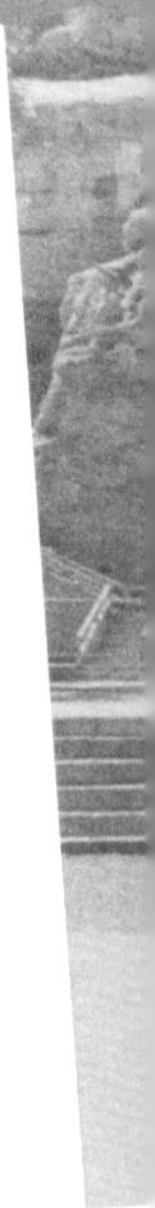

四

这个青年，名叫徐霞客。他走路游遍了中国。他写下一本书，名为《徐霞客游记》。

我们，一般称外面去玩，叫做“游”，或者“旅行”。但有目的、有要求，或做一件事，则称考察。

徐霞客的游记，则是有内容的记录。

他看到上海吴淞口外的长江，为什么有时水很小，有时水很大很黄。他就沿着长江走，要寻到它的水源，到底是从哪里流出来的。

后来，他路跑得多了，中国的一个个水源，他都要去找寻了。所以，他看到的东西可多着啦，知道的东西也多着啦。他从小到老，几乎一生多在跑路。他没有车，没有大船，他大部分的路，都是用两条腿走的。

他的这部书，不是好玩的游记，而是有价值的地理

水道实际调查，是有价值的书。

那么我们要问，几百年前的一个普通读书人，他为什么不去干别的对他更有利的事情，而是一生千辛万苦，不管遇到多少危险都要去跑遍全中国的山山水水，去弄通中国——我们祖国的一份重要的地理知识。

他为什么有这样的兴趣，有这样的志愿？是他的父母朋友对他的影响么？是他自己有高度的智慧与见识，来完成从未有人去做过的一份工作。

徐霞客（1587—1641 年），明代地理学家、旅行家。《徐霞客游记》按日记述徐霞客在 1613 年至 1639 年间的旅行和观察。他在地理学和文学上都卓有成就。

琼　耳

从小，我与哥哥一起画画练字。爸爸妈妈说：要到大自然里遨游，感受自然的力量，观察大自然的造化，动物、植物、山水……一有机会，爸爸妈妈就带着我们“游山玩水”，足迹遍及庐山、武夷山、黄山、苏杭、北京，还有至今留有深刻印象的敦煌。

20 世纪 80 年代，我 11 岁时，妈妈参与香港培华教育基金会在兰州举办的室内建筑师培训班的组织工作，把我和哥哥一起带到兰州过暑假，建筑师培训班结束后，便打算带着我们兄妹俩开启“丝绸之路”之行。那时我们家的经济状况不是很好，可能因为我和哥哥从小学画画，得了不少国际儿童画大奖，香港培华教育基金会便决定资助我们成行。租了一辆红色的小夏利车，由司机开着车带着我们，从兰州出发，一路经过武威、张掖、酒泉、嘉峪关，来到敦煌。一位在敦煌研究所工作的李老师接待我们，安排住宿参观。

在敦煌，游客白天参观，晚上都回城里的宾馆休息。我们不回城，就住在戈壁滩边的敦煌研究所招待所里，吃着五分钱的白菜馒头，省去了来回的路程时间。太阳一直到晚上九点、十点，还高高挂在天上。我和哥哥，在一望无际的大沙漠里，以沙为纸，以手为笔，尽情挥洒。偌大的沙纸，用手画还不过瘾，便将整个身体匍匐在地，当作工具，大手笔作画！我们又用沙埋没整个身体，只

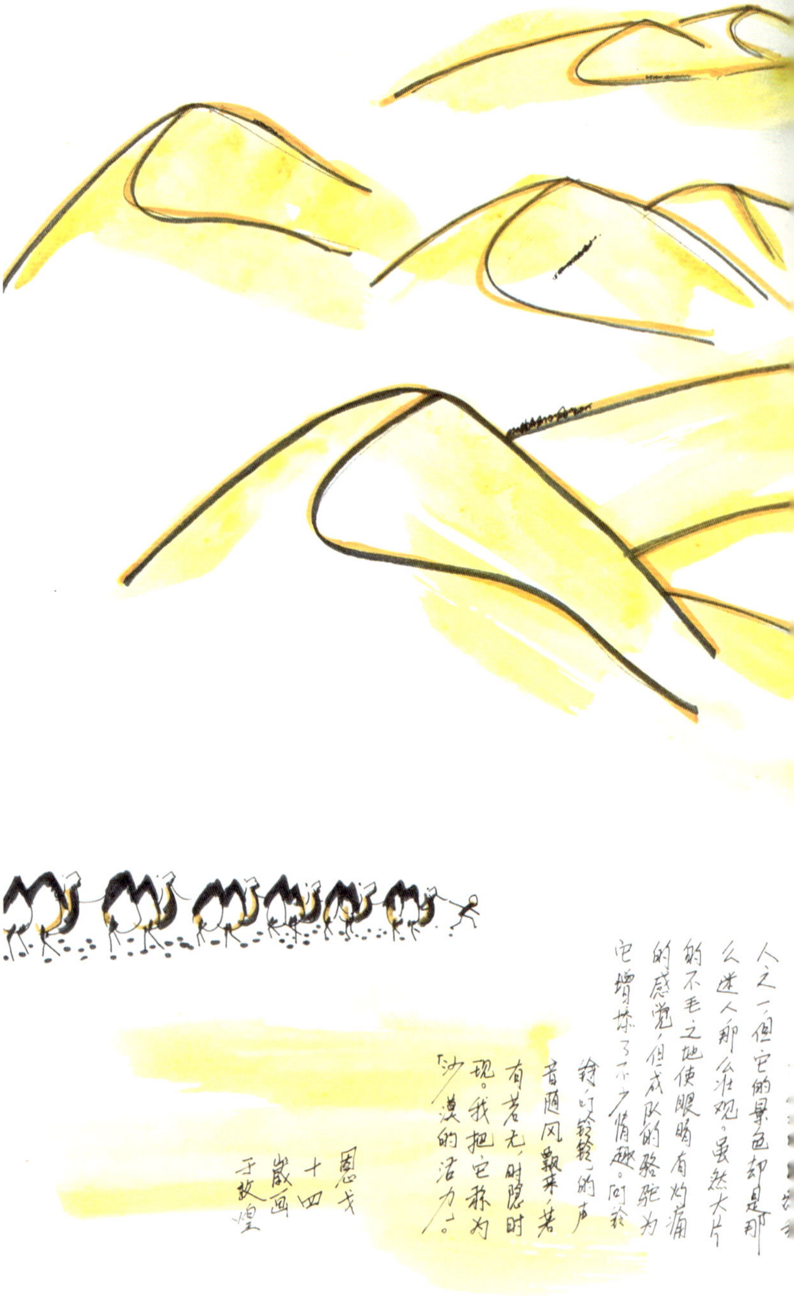
人之一，但它的景色却是那么迷人那么壮观。虽然大片的不毛之地使眼睛有灼痛的感觉，但成队的骆驼为它增添了不少情趣。「叮铃铃，叮铃铃」的声音随风飘来，若有若无，时隐时现。我把它称为「沙漠的活力」。
恩戈
十四岁画
于敦煌

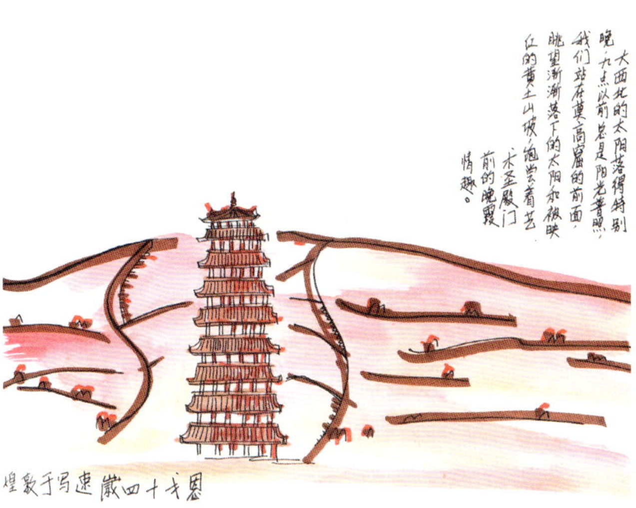
大西北的太阳落得特别
晚，九点以前总是阳光普照，
我们站在莫高窟的前面，
眺望渐渐落下的太阳和被映
红的黄土山坡，饱赏着艺
、术圣殿门
前的晚霞
情趣。
恩戈十四歲 速写于敦煌

张掖又称甘州是丝绸之路上的一个重要商埠。这身卧佛塑像是全国室内最大的卧佛，长三十四点五米，充分体现了我国古代劳动人民的勤劳和能干。

恩戈十四岁速写

露出头，被太阳晒热的沙子灼热了我们的心。享受着大自然的美丽神奇，直到半夜十二点才恋恋不舍地回房上床，身上还带着沙子的温热。

第二天参观莫高窟，当时中国游客不是很多，不少是慕名而来的日本游客。普通洞窟可以自由参观，需要带着很大的手电筒，在洞窟内探索、欣赏；特级洞窟要多缴费用才能看，我们费用有限，我与哥哥便跟着日本游客一起“混”进特级洞窟，大家看看我们两个认真的小不点，也就算了。我们兄妹俩睁大眼睛看啊、画啊。还记得北凉时期的壁画，抽象、大气、充满力量的人物与造型，今天我们笑谈：可能毕加索是受到北凉时期的画风影响而生灵感的吧。

在同济大学毕业之后，我放弃“顺理成章”去美国继续深造，而选择了“一无所知”的法国。妈妈告诉过我，这也是外公未曾实现的梦想。大学里研习过的勒·柯布西耶设计的朗香教堂，到达法国后第一时间就去参观。当我独自坐在朗香教堂里的时候，感觉有一种温柔而强大的力量，轻轻地抚摸着我的心灵、我的灵魂，泪水无声无息地落下，停不下来。我明白，伟大的建筑与大小、贫富、材料无关，它是一种精神、一种力量、一种情感，一种信仰，超越国籍、年龄、文化。

莫高窟的280窟
中的左墙上有一
块地方画得极为
精彩。古代的劳动
人民能用双手画
出这么好的画，
是很不容易的。
看，这三个和尚近似三
兄弟，都在念经，左上
角是两个供养人。
这280窟就是他们开
掘的，里面的画也
都是他俩画的，因
此我很佩服他俩。
小琼十一岁画敦煌

五

达尔文把地理、动物、植物等，从古代看到现代，所以他是知道古往今来直的历史的。

徐霞客是从东南西北横着看，所以他懂得“地”的变化。

天像碗一样是个空间，地像球一般，在空中转。所以天下的事，就是地上的事。

但天地之间，还有很多的东西和事情，如星呀，月亮公公呀，风、雷、云、雨……所以天下的故事，是多得不得了。

这些事情，有很多的人，自动地、自愿地，在研究着。中国古代，有个叫李时珍的，他将田边草、树上的叶子，取来口中嚼嚼，尝它是甜的、苦的。后来知道，这种草可医什么病，这种树根可医什么病。他尝的草越多，知道医病的药也越多，而寻他治病的人也越多。

同时其他医病的人告诉他的知识也越多。他日积月累，经验越多，分析的能力也越强。他知道有用的东西，同时也是有害的东西。而坏的东西，还可转变为有用的东西。

他想到人的疾病，最简单的方法，是用草药来医治。由此，他详细记录，写成了《本草纲目》这部书。

中国自有文字以来有四五千年，很少有人写过这种记录。为什么只有李时珍像“傻子”一样，会去写这种记录呢？

李时珍（1518—1593年），我国明代医药学家，被后世尊为“药圣”。李时珍在为病人诊疗时发现记录药草的典籍中错漏很多，他阅读参考了八百余种上万卷古代医书以及历史、地理、文学著作，并且亲自到各地去寻找药材，向各种人物求教，弄清了许多疑难问题，于1578年完成了《本草纲目》的编写工作，后又三次修订，前后共用了40年。达尔文称赞这部书是“中国古代的百科全书”。“尝百草”并写书记录其疗效供后人使用，并不是从李时珍开始，也没有至他结束，是我国从古代到现在数千年来一代又一代立志济世救人的医者共同的探索行为。

上面三个人，达尔文看得顶远。徐霞客是横着看，李时珍是精微地看。实际上三样看法，都要具备，少一样，便不够全面了。不过目的不同、效果不同，志愿大有分别。

慧 诘

上面三个人，三样看法，但都要具备，少一样便不够全面。而这三个人又有一个相通的点，即凡事亲力亲为，实地勘察调查，负责任地提出自己的观点，绝不人云亦云，才推动了历史的发展。所以今天我们会记住：达尔文的进化论、徐霞客的游记、李时珍的《本草纲目》。

父亲写过一本《中国古代玻璃研究》。他研究历朝历代的出土文物，从殷墟遗址查到20世纪70年代出土的马王堆，看直的历史；又翻山越岭走过了南方九个省，踏勘各类窑址，横着看；再仔细研究窑址实物的化学成分，精微地看。经过这三个方向的探讨、研究，他写下了十多万文字，以充足的论据推翻了不少人的错误认知：玻璃是由域外传入中国的；他挺直腰杆闪亮提出：玻璃是中国发明的！

这本书中说："中国是全世界釉瓷创始的国家……由窑汗得到启发，而创造了釉，由于釉的化学成分已具备了制作玻璃的条件，从釉的流淌液中，必然地创造了玻璃。"

父亲呼吁："不能轻信未作实践调查轻易定论的书本。"人云亦云，会出蠢人、懒人，凡事一定要脚踏实地、亲力亲为地直着看、横着看、精微地看，才能得出正确的结论。

"因而过去的有些文化史、化学史、艺术史、陶瓷史，要改写、补写或者重写，一误再误，会影响史的进展。"

六

有个国家，编了个杂志，叫做《地理杂志》，它把世界上一切知识多采集进去。

比如人吧，我们是黄色，但有些人比煤炭还黑，有的同棕色一样红。

我们看到的熊，是黑色的，可是在北极大雪中的熊是雪一样白。有的海豹，从冰洞中，爬上海面来晒太阳，白熊慢慢地来吃海豹了，海豹轻轻一溜，从冰洞中溜到海底去了。白熊就在洞口睡眠了。海豹在海底蹲了半天，又想上来晒太阳了。他看到白熊，以为是堆白雪，于是就爬到海面上来了。那只白熊一口就把它擒住了。

某个地方，有条大蛇，它想通过一条山路，到另一块草地游玩。只见一只山雀在头上飞过。蛇是个聋子，它没有听到山雀在呼叫，哪知山雀一呼叫，附近的山雀都到了。

大蛇看到山雀，便十分为难。自己身体如此长，如山雀啄它的尾巴，它就照顾不了。如要远远逃跑，身体就得伸直伸长。蛇无计可施，只得把身体缩短，用嘴齿来保护长长的身体，盘成一圈不动了。山雀四面八方来啄它，但没有啄到，又飞去了。如此作战，蛇就忙不过来，又要管尾巴，又要管肚子，一张毒牙的嘴，要对付飞鸟，它的战略战术，就是全靠一双眼，照顾大局。

哪知，众多的鸟，多飞下来进攻它的尾巴，大蛇双目就盯住尾巴看。哪知两只山雀从偏面飞近蛇的头部，把它两只眼睛啄去了。大蛇虽大，便成了盲目的长虫了。

山雀全部飞将下来，从头到尾，抬到山一样高，把它丢了下来。这样三四次，蛇就软得不会动了。山雀哈哈大笑，全飞了下来，分吃大蛇的肉了。

恩女六歲画
沙漠之舟

这本杂志，出了几十年，还在印。因为在地球上新发现的东西多得很，比如说海洋中的故事、天空中的故事，还有月亮中的故事。总之，你看到这本杂志，每月一册，新鲜的故事，像带你去游世界一样。

我们每天看到世界上的一切，平静无事，实际上每时每刻都在纷扰着、斗争着。世界上永远不会有平静的日子。

就从天空的大空间来看，不是有很多的星星么，可是有的星是在行动运行的，偶然两星一碰，便碰坏了，某一颗向着地球，我们的大地球是有吸力的，便把它吸过来了。由于飞得太快，在大气层中便烧起来了，大块的落到地上，就叫做陨石，或者陨铁。

《地理杂志》，即《美国国家地理杂志》，是美国国家地理学会的官方杂志，在学会 1888 年创办九个月后即开始发行，一度成为世界上最广为人知的一本杂志。

七

上面这本杂志，是有关全世界的事情。

下面有部书，是单记录我国的东西，这部书叫《中国文化史迹》。

中国这块土地上，几百万年以前，就有人类居住。只要有人居住，便遗留了无数人所使用的东西，譬如工具、日用品，这些，我们称之为“物质文化”。

人居住的石洞，人做的石刀、石枪，同时还做纪念品，后来又做铜的、铁的工具，以及木造的房子。

大概五千年前，中国已有文字，我们称为“有史时代”。文字同图画一样，看到老虎，画老虎；看到野牛，画野牛。后来就成为“虎”字、“牛”字。有了文字，就可把一切事情记下来了。

中国是个伟大的民族，把一段一段的河连起来，就

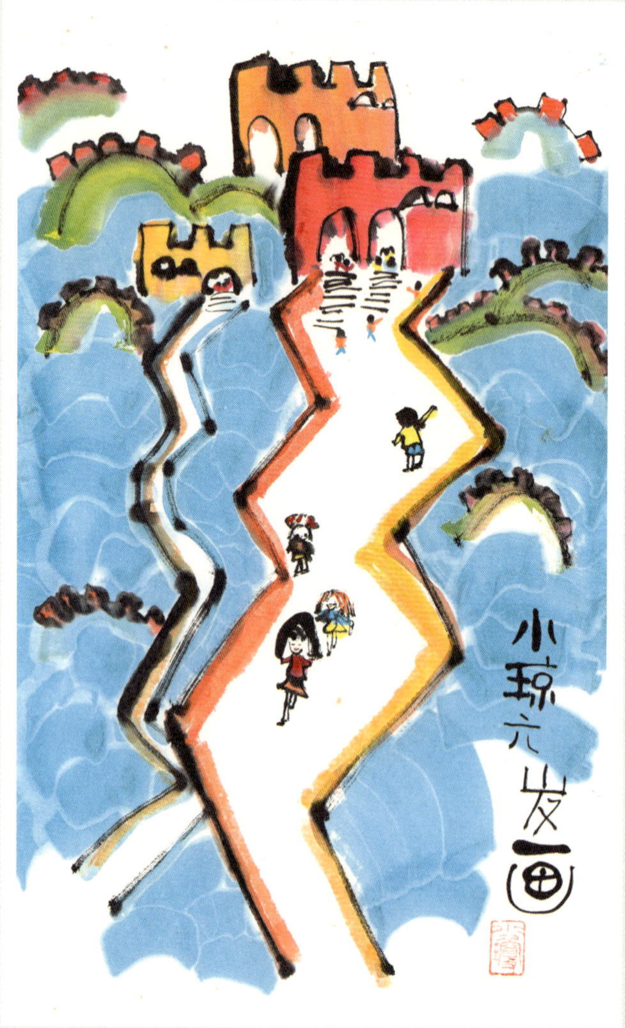
小琼六岁画

是几千里长的黄河。把一段一段的城连起来，就成为几千里长的长城。

这些多不是一个时代完成，也不是一个人几个人完成。伟大的事业，多是要靠万万千千的人来完成。

我们这个民族，不是野蛮、无知的民族，所以几千年前的屋子也还保留着，千百年前的石桥——赵州桥也还保存着，其他还有石刻的雕刻，泥做的人物、动物，而且还有纸、绢画的图画，工艺美术如瓶罐之类。这多是很美丽、很灿烂的东西。小的只有樱桃一般大，大的却有整座的石山凿成一个大人物，这个人物的手心之大，可以坐好几百人。

我们的民族是伟大的、聪明的，但其中也有同动物一般的简单、残忍，用一把火，将无数人力物力完成的东西——如建筑、石刻、美术品，像野火一般的烧呀，烧呀，几里路大的范围全在火海之中，他们抢、砸、烧、掠，认为破坏是最快乐的玩意儿。

凡是这种残留的地方，一般多称为遗迹或遗址。后代人为了研究古代人的生活、生产，常常去发掘调查这

些遗址。把这些遗物，印成了美丽的图书。我上面说的《中国文化史迹》，就是这样的一部书，这书比小恩戈还高，比小琼耳还大，是部很大很大的大书。

《中国文化史迹》十二卷，著名艺术考古学者常盘大定（1870—1945 年）、关野贞（1868—1935 年）合著，是日本法藏馆于 1939 年至 1941 年间陆续出版的珂罗版图录，盒装，收图两千余幅，包含中国各地诸多名胜古迹及市井图像，最早的照片摄于 1906 年。学者、艺术家陈从周先生称赞这部书："余治中国建筑史，初引以入胜者，其唯《中国文化史迹》诸书，图文并茂，考订精核，私淑焉，四十年来未能去怀。"

慧 诘

父亲看很多书，收集很多资料。身为大学教授的他工资不菲，但我们家却没有一套像样的家具，经济拮据。小学时候我想学钢琴，母亲说我们没有钱买琴。钱去了哪里？变成了一堆堆的古籍和文物，堆满了家里的每个角落，甚至公用的楼梯平台及梯段下的空间，也都满满登登摞起装书和文物的纸板箱。父亲每个阶段有一个研究的主题，围绕这个主题便收集相关的各种杂物、瓶瓶罐罐。中华人民共和国成立之初，父亲正准备编写《长沙——楚民族及其艺术》一书，我们举家从广东曲江经衡阳、武汉，沿长江顺流而下，迁往上海，搬运的行李除日常必需用品外，全部是长沙古器及藏书，有木雕、竹器、织物、饰物约千余件，以及拓片、摄影胶片、竹简、陶人物等，二十余箱。《长沙——楚民族及其艺术》二卷完成后，赢得国内外一致好评。到上海后，父亲开始撰写《吉州窑》一书，桌子上、地板上，甚至床上，都放着黑色釉上剪纸纹样的各式瓶罐和大大小小的碗、盘，有的破裂了，父亲便坐在

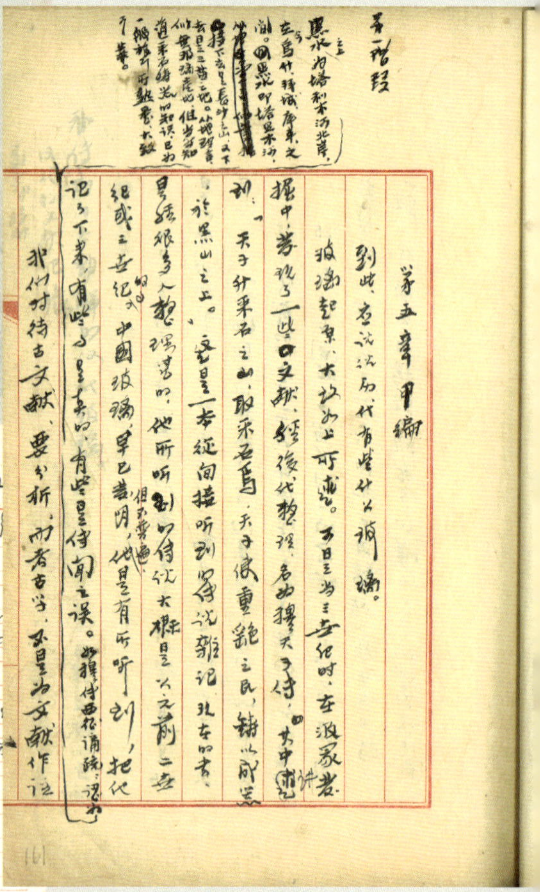

第五章 甲編

到此，應該談談歷代有些什么玻璃。

玻璃起源，大致如上所述。可是為三世紀時，在汲冢書

據中發現了一些文獻，經後代整理，名為穆天子傳，其中記述

到：“天子升采石之山，取采石焉。天子使重䍃之民，鑄以成器

於黑山之上。”這是一本從間接聽到傳說雜記孔子的書，

是經很多人整理的，他所聽到的傳說大概是公元前二世

紀或三世紀。中國玻璃，早已發明，但是有所聽到，把他

記了下來，有些是真的，有些是傳聞之誤。

我們對待古文獻，要分析，而考古學，不是為文獻作注

(1)

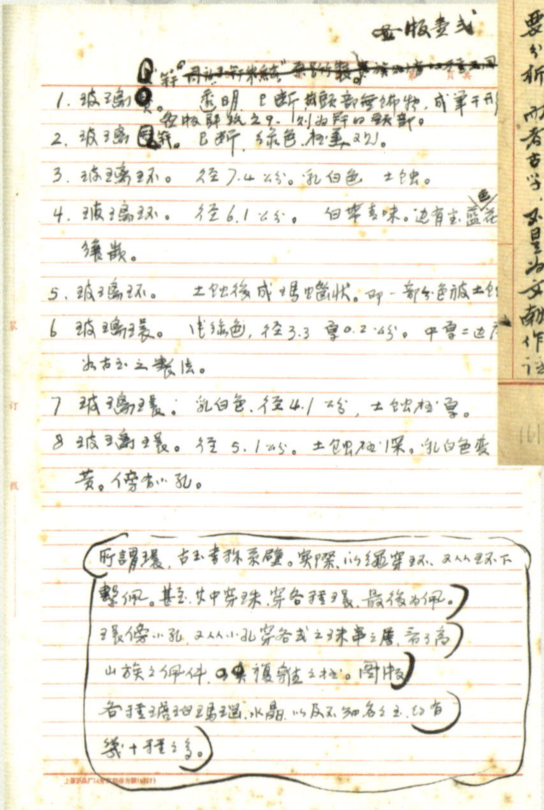

圖版壹弍

1. 玻璃璜。透明，已斷……

2. 玻璃璜。已折，綠色，極重，双孔。

3. 玻璃環。徑7.4公分。乳白色 土蝕。

4. 玻璃環。徑6.1公分。白帶青味。边有藍色花

纹嵌。

5. 玻璃環。土蝕後成蜗蟲状。即一部分色被土蝕

6 玻璃瑗。浅绿色，径3.3 厚0.2公分。中宽二边

为古玉之制法。

7 玻璃瑗。乳白色，径4.1公分，土蚀极厚。

8 玻璃瑗。径 5.1公分。土蚀极深。乳白色变

黄。傍有小孔。

所謂瑗，古玉書稱系璧。實際以繩穿環，又从環下

繫佩。甚至其中穿珠，穿各種瑗，最後為佩。

瑗傍小孔，又从小孔穿各式之珠串之屬，有了高

山族之佩件，其複雜之極。附帶

各種瑪瑙琉璃，水晶，以及不知名之玉，約有

幾十種之多。

写字桌前戴着老花眼镜用填充物和胶仔细修补，一坐就是一个通宵。经常的通宵使他五十岁不到便完全白了头发，而他一头钻在看书、写作中，其他什么也顾不上。

从年轻英姿到白发苍苍，父亲从未闭上好奇探究的眼睛。他列出几十个课题准备研究，他留下一摞又一摞的学术著作——无论是否可能出版，他从未停下手中的笔。在他病重的最后几年中，仍然凭着记忆和一些必需的参考书，硬撑着将前些年被焚毁的四大册自己所作中国古代玻璃研究的学术专著，重新撰写完成，装订为三册《中国古代玻璃研究回忆录》(后以《中国古代玻璃研究》之名出版)，并精心编辑剪贴好全书的图版。

父亲肺癌晚期，在肿瘤医院住院治疗，人已瘦得皮包骨头。他知道自己剩下的时间不多了，便要求我从家里带一本笔记本和一块写生用的小木板，用被子、枕头垫在身后，半卧半躺，坚持给还

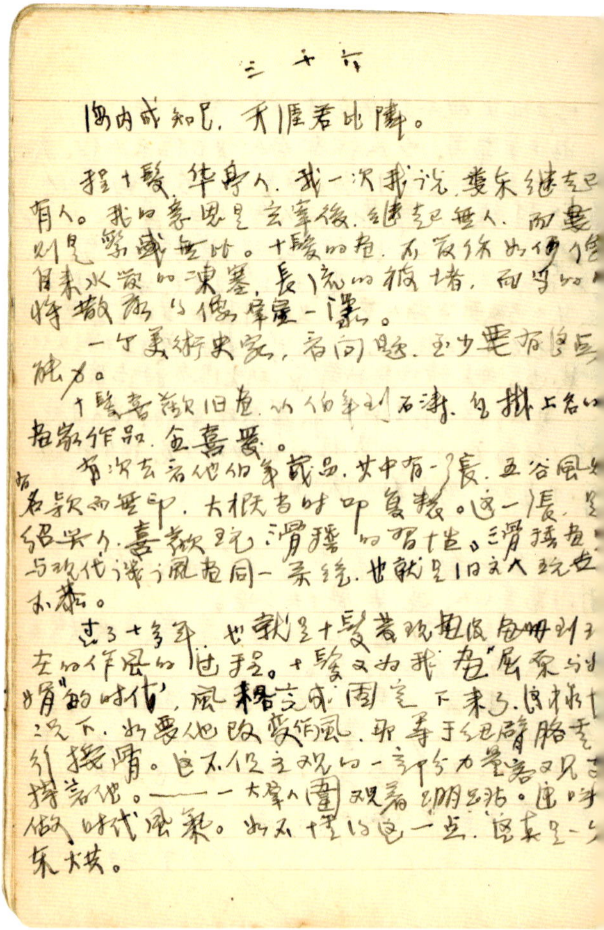

三十六

海内存知己，天涯若比邻。

程十发，华亭人。我一次对他说，娄东继起有人。我的意思是玄宰後，继起無人，而娄东则是繁盛無比。十发的画，[illegible]

一个美術史家，看问题，至少要有这点能力。

十发喜欢旧画，从伯年到石涛，[illegible]名家作品，全喜爱。

有次去看他的藏品，其中有一张，[illegible]

[illegible]

东大楼。

是“璞玉”的外孙写“天下的故事”。右臂的疼痛使他几乎握不住笔，他满头大汗，每写几行就闭起眼睛喘口气。医生看了心中不忍，劝他休息，但父亲仍然埋头边写边说：我没时间了！医生也不禁模糊了双眼。在父亲的追悼会上，医生和护士都来了，要亲手奉上一枝鲜花，表达对这位顽强病人的敬佩。

如今我看着本子上龙飞凤舞的草字，似乎又看到父亲瘦弱的身影，他紧皱双眉，强撑着精神，颤抖地写着……我的眼泪控制不住地

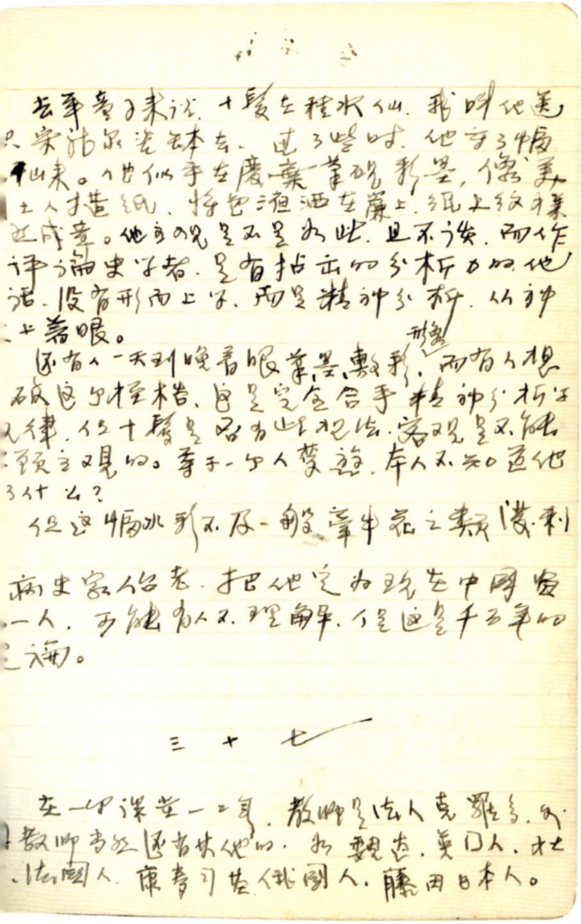

流下。“天下的故事”，这不只是写给恩戈和琼耳的故事，这是留给天下人的故事。父亲在逼仄的陋室，在每月十五元生活费的窘境下，在身患绝症的生死关头，仍然没有放弃自己毕生的追求和对祖国文化的热爱。作为后人，我觉察到落在身上的担子，我有责任将老一辈的治学态度和精神继续下去。

如今我也快到耄耋之年，必须要赶在生命的终点之前，完成父亲未竟的事业，才有勇气和资格去见天堂里的父亲。

八

人做的东西，是照历史发展的，而人的思想，即称为哲学史，做的事情，则称为历史。人做的事情特别多，所以文化历史是很多的。畜生——动物，同人一样从极古的时代进化过来，但它们没有文化史。

山川草木，多有发展过程，所以自然界的一切，多有它自己的历史。

你们的妈妈在大学毕业那年，到安徽黄山去旅行了。

黄山，整个山是石峰叠起来的。有的上面大、下面小，所以人是上不去的。松树生在石缝里，但它的根，从石顶伸到山脚，能吸取水分。山顶风大，树不但长不大，而且是奇形的，像龙一般，向横发展，不向上发展。

山的峰像刀一般尖，而且联绵不断。山下大太阳，山顶上云雾一吹，把整个的山多埋没在白云之中，这种

云像棉絮一样厚，静静地停在山腰，因此有人称它为云海。当中插着几个黑色的山顶，像个海岛。

它从石缝中流出的水，像开水一样热，热气腾腾。山顶积雪，而泉水还是热的。而且山形奇怪如野兽，因而我们认为它在古代是一座火山，火山口经过风雨，成为尖刀一般的石峰。

总之，从中国南北各大山水来比较，黄山可算是最奇异的风景了。但黄山有峰没有洞是个缺点。

黄山，人称“天下第一奇山”，中华十大名山之一，世界文化与自然双重遗产。因传说轩辕黄帝曾在此炼丹，所以称“黄山”。蒋玄佁先生多次登黄山并画了很多张画，记下了自己所看到的奇异景观。

九

深山有洞，像是山的眼睛。有山洞，那个山就使人产生奇异的感觉。

你们的好婆——她年轻时,很会跑路。她没有袜子穿,时常赤脚穿布鞋，肩上背个布包，布包中有干粮、衣裳、书本。肩头重脚头轻，跑起路来轻快。

有一次，她到了浙江金华。金华山中有个双龙洞。

这个洞，没有洞口。这有一条小溪，清清的水从洞中流出来。你睡在船上，轻轻地可以划进洞中去。可是进入洞内，洞像几个大厅一样大。

山洞的裂缝，多有一滴滴的水滴下来，滴下的水，多带有钙质，及其他物质。可是滴了几万年，有的像火腿一样挂在那里，有的像龙一样盘在石壁上，有的滴在地上，像一件五彩的大衣。因滴下来的东西，多是像玻璃一样透明，或者是五彩的半透明。

这个山洞没有柱子，全被这种五彩的水晶玻璃装饰得华丽万分，连石壁上多是又光又滑又亮。有的像两条大龙，因此有人称它双龙洞。

这些石壁上，还有千百年前写的字，有的写了年月，有的写了名字，可是有几百年间没有写过字，可能这个洞，有个时期，被人封起来了，使人无法进去。你们的好婆把所有的字，大体上多抄下来了。

那么我们要问，这样不分昼夜地流，这洞中的水又从什么地方来的呢？我们四边找寻，四边多是水，但没一个总来源。看来这座山，每条石缝中全是水，到处流动，最后流出小溪。

后来我同你们的好婆跑上山顶，山顶上也有个洞，洞中的声音像海水一般吹上来。这个洞，是直口，像只玻璃瓶，我们慢慢从瓶口爬下去，越爬越深，越深越黑，可是水声越头。原来水从我们头上冲过，是在洞的边上，一个小洞内像蛇一样的冲了出头，它越过我们的头，冲到洞底去了。我们寻到洞底，水又不见了，而是漏到四

面八方，不知去向。这个洞，叫做冰壶洞，住在里面，可真冷得很。山和洞，总是连在一起的。这两个洞名声不大，可是我们爬过几十个山洞，有可怕的，有阴森森的，当然没什么可玩的，而这两个洞，却是非常可玩的，不但可玩，而且，从山洞流出的溪水，即使在大热天，它和冰水一样凉。自然界的秘密，是一件非常有趣的事情。你是否懂得它的道理呢。

我坐竹排漂呀漂
九曲漂到第五曲
小琼八岁画

你们的妈妈去过广西的漓江、阳朔、桂林，那地方的山洞，有几十个，比这里讲的洞，要大几十倍，也可说是中国最大最大的洞，有的，里面可住进几万个人呢，成为中国美丽的名胜。

中国的山洞很多而且很有名，但画名山水的图很多，而没有画洞的人，也没有画洞的画。

和蒋玄佁先生同时代的文学家、教育家叶圣陶先生（1894—1988 年）也曾写过一篇游记《记金华的双龙洞》，被编入现在的小学语文教材。

十

古代有个科学家，他看到苹果落在地上，他就发现了地心引力。就是说，我们站着的地球，它本身有吸力，任何东西，遇到它引力的范围，就吸到地上。

有哪一个人，能立在树下，看到一个苹果恰巧落了下来？因此也可疑心上面的故事，可以怀疑。

地心吸力是物性，如只是吸力，那么几万吨的陨星多吸到地上，你小小直升机，怎么能上得去呢？人的两只脚被地心吸力吸着，那难道狗熊的四只脚多被地心吸力吸住了，如何行走？

我们平时，对有些事情有怀疑，是可以的。如不到自然博物馆看一看，可怀疑的东西，多得很啦。因而不能说，某一个人讲的话多是真理，另一个人不能怀疑。尤其是哲学家，他为了完成自己的学说、自己学说的体

系，往往变成万能的先知，实际上有很多学说是很可笑的，而这种可笑的学说，却有万万千千的人崇拜着。因而“人”——实际上是一种动物，这一动物，是非常可笑，非常愚蠢的。对“人”怀疑，并没有什么罪过。而在古代，对宗教的哲人，如怀疑了，便是罪过。

科学家、哲学家，发现了新的东西，当然使人尊敬。但发现了更新的东西，推翻了前一人的东西，这是很自然的道理。因而顽固地守住旧的东西不放，有的甚至维持几千年还奉行不衰，这是最没出息的蠢人。

人是动物中最美观的一种么？实在并不如此。如果所有的人衣服没有，光着身体，像冬瓜一样，而身上没有花猫花狗一样的毛色，头发却长得怕人，如马路上都是这样的动物在走动，那真使人看了也要呕吐。那可不可以说，人是动物中顶丑的东西，比花蛇蝴蝶丑得多？

任何事物多有个尽头。比如大树，我看到过几十围大的大树，高到看不到它的顶。然而它也有个尽头。

比如铜、铁、燃料，也总有一天会用完，但这一些，到一个时代会转变。

人和动物不同的地方，就是人会创造文化——文学艺术，动物不会。那么人对文学艺术的爱好是不是会有个尽头？对于文学艺术，毫无兴趣。这个问题，说来很有兴趣。

比如有人看到绘画、雕刻，就说不懂。不懂不就是尽头了么？

自然界、科学、哲学、艺术，确是有一些起着很大的变化。这个变化，就是若干问题，有多少是抱着怀疑的态度，有多少是抱着否定的态度。

发现地心引力的科学家是牛顿（Issac Newton，1643—1727 年），英国著名数学家、物理学家、天文学家和自然哲学家，被誉为人类历史上最伟大、最有影响力的科学家。

方岩紀游
佁

十一

山是上尖下大。山的形象，一般没有大变化，但有个奇怪的山，在浙江永康，它的名字叫方岩。你好婆就去看过这个怪山。

这种山，每一座，都像一张桌子，上面平，四面方。由于多少年来，人去触着山石，山石松脆，纷纷落下来了，那个山就变成上大下小了。由此，人就无法登上去了。

这座山，不是泥土，不是岩石，而是像南京雨花台的鹅卵石和黄沙堆积起来的。不是顶硬，你去触及它，它就纷纷落了下来。

鹅卵形圆石子，到处多有，一般是由水冲磨而成为圆形，都沉积在水的下游。如果说古代的方岩多在水中，那整个浙江也多在水中，江苏也整个在水中。

当然，也有可能是造山运动，把方岩抬得这么高。

所以不能把上尖下大的概念，称为山。也就是说圆的东西总是月亮，月亮总是圆的。凡是认识各种东西，用概念来认识多是不对的。而且这一错误，是非常危险的。要认识清楚，一定要进一步地研究。

关于造山的知识，是很复杂的。例如世界的最高峰，过去是海，由于造山运动，把海底抬高为山峰。如把山画成剖面，每一个山的形状，全不相同。所以对任何事物，多不能用概念来认识。

浙江方岩以山岩奇特而闻名，自宋以来游人络绎不绝。

十二

我的父亲姓蒋，叫子功，祖父叫范川。你们的好婆姓朱叫秀荫，你们的妈妈叫蒋慧诘。

为什么每个人都有个姓？为什么姓不能改，而名可以改？

在古代，以母系为中心，所以多姓母亲的姓。后来以父系为中心，所以多姓父亲的姓。

我的名字叫玄佁，我有三百颗印章，没有刻蒋字，我画了二千张画，我没有写一个蒋字。因为我那时不懂姓的道理，所以我不用它。

那么北方有姓蒋的，南方也有姓蒋的，他们都是一个祖宗传下来的么？他们对祖宗是很重视的。他们某一个姓的人，像旅行者一样，走遍东南西北，一停下来，就成为一族。甚至一个人漂泊到哪里，就在那里发展为一族。

怎么少了一個
恩戈九歲画

古代的姓，往往用动物之类为姓。比如楚人姓熊，有可能以狗熊为姓。有的画一张图，奉为祖宗。

姓氏的传布，同时也是文化的传布。有的是一种语言、一种服装、一种文字。

由于这个姓的特点，它对后世研究历史，有了很大的帮助。假使人没有姓，岂不是等于一群狗、一群黄牛。现在如果有人不尊重自己的姓，别人一定耻笑他。如果这个人，不知自己的父母，那别人笑他更甚。现在仍然有人必有一个姓，那可能是纪念的意思。

我为什么来谈这个问题呢?

我发现，从姓氏上，可以看出人的智识能力、辨别能力、创作能力，是由于东西迁徙，把文化向四方传布。

而人的智慧，也是要看得大一些，才会发展。中国广东以南的人像越南、马来西亚人的相貌，东北人则与朝鲜人相像。这样看来，不单一个姓在流动，人种也在流动，文化当然是流动的了。

四岁
小琼一画

71

琼　耳

我跟着外公姓“蒋”。

妈妈生下我时，外公为我取了名字：“琼耳”，琼——美玉，耳——平凡，希冀我拥有无为而治的智慧。外公对《道德经》情有独钟，在他的文字中，经常有“道可道兮非常道”的感叹。

我出生几个月，外公走了。他虽然走了，在我们家里他却无处不在。书桌上是他的书，柜子里是他的笔墨，笔架上挂着他的画笔，墙上是他的照片……

我上中学时，住在常德路家里一个朝北的小房间，墙上挂着外公的照片，他瘦削的脸上架着一副黑色镜框的眼镜，深邃的眼睛炯炯有神，每天注视着我。冬天冷得发抖，我无意间穿上一件褐色的破旧棉背心，这是妈妈为外公手缝的御寒背心，外公生前经常穿着；奇怪的是穿上这件背心，不仅不冷了，而且思如泉涌，专心致志。我抬头看着墙上的外公，他也看着我……更有一次，穿着外公的背心，看着外公的画册，外公的画，刹那间，感觉自己飘浮起来，与外公一起云游天下！妈妈说，你与外公是“神交”。

当年，外公去日本留学，看到了世界艺术的模样，穷其一生追求“悟”与“变”，试图架起东、西文化的桥梁。我从同济大学毕业后去了法国留学，也尽力探索、学习，记住外公“站得高，看得远”的教导，寻求东、西文化的交融与发展。

如今，我已成为五个孩子的母亲，孩子们的父亲是法国人，都说中文名字要有家族文化的根，所以孩子们的中文名字都跟着我姓“蒋”：先生和前妻生的女儿蒋泊思、蒋泊蕾；我自己生的儿子蒋若一（上善若水，万物归一），女儿蒋菲耳（平凡与非凡）、蒋岚珊（自在与淡定）——这三个孩子名字的最后一个字的谐音也象征道家思想中的“道生一，一生二，二生三，三生万物”，期望孩子们的生命，可以在两个不同的文明中，自在翱翔。连我的法国先生，经过好婆（外婆）同意后，也有了中文名字：蒋泊怡（淡泊明志而心旷神怡），这也是我最欣赏的他的品质。

外公取的名字陪伴我们一生，甘于平凡，爱人，感恩。

十 三

有一次我和你们的好婆，到了广西的八步。八步是个临江的市镇。这里的人，喜欢赤脚。一如广东的梅县，女学生、女老师，一遇到雨天，她们多把鞋子挂在肩上，赤脚在路上跑。可是她们衣服穿得整整齐齐，头发梳得光亮亮，对于脚是尊重的。如是我们故乡或者上海的妇女，路上遇到下雨，她们宁可袜子连鞋子，一起在水中走去。没一个会在百货公司的台阶上，脱下袜子鞋子，赤脚在水中走路的姑娘。

这是一个清凉的早上，江中捉到了一条大鱼，有人一样长，光滑的鱼身，眼睛闪闪发光，最使人惊奇的，是前面的鳍，生着两只小手，或者小脚。

有一次我到扬子江中去看燕子矶，那里的老人告诉我："你看江水浅浅，平静如镜，可是当傍晚的时候，有一种叫‘江猪’的，它就在长江上，势不可挡地跑着。”这是有九只脚的鱼，可惜我没有看到。

任何人，看到奇异的东西，都想把它描绘下来，留作纪念。

在法国，在西班牙，有几个大石洞，那里面石壁上，有很多岩画……这些原始人不穿衣服，打击野兽作为粮食。他们手中只有石块、树枝，能够把野牛打倒、野马捉住。因而，他们思想深处，就只有凶猛有力的野牛野马，如何跳跃奔跑、搏斗。同我第一次看到有手足的鱼一样，感到非常新鲜，当下雨的天气，坐着无事，便在石洞中画下了很多图画。

这种图画，生动有力，把主要的部分，如大角、粗足、猛冲的头部、大眼睛画出来。其他的部分，多不重要了。

这里提到的岩画，是指世界上最著名的两处史前时期的洞窟壁画，法国的拉斯科和西班牙的阿尔塔米拉洞窟壁画。

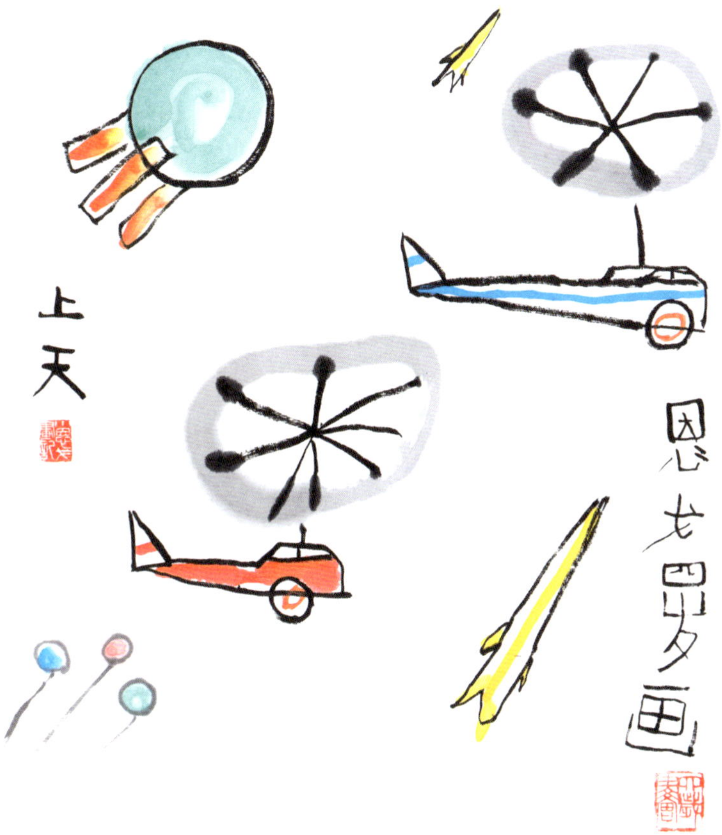

因而他们的图画，非常生动、活泼。

图画的开始，大概就是这样。

同小恩戈一样，一个圆圈，就是月亮公公，圆圈上加一根柄，就是苹果。

两个圆圈是车轮，很多窗子是公共汽车，有两根辫子的是电车，像乌龟一样的是小轿车，那多是直接在客观世界实际看到的东西，把它描写下来。

但是大人，喜欢看很像很像的图画，甚至想把一根根毛毛也画出来。但人的记忆力是有限度的，不可能全

部都记在脑中，所以有很多人，只照老师画的样本，抄下来，旁边写上“我是大画家，天下第一”。看的人，便把这个人捧到天一样高。但现在有摄像机，有电影，把真实的东西，全部拍了下来。画家便把摄影、电影抄下来成为最像的图画了。

由于以上的情形，图画哪一些算是最好的，便产生了各种看法。一个世纪以来，产生了近百种绘画思想。

尊重自己，自己掌握了准确看法的，却是非常的少。

看来，只有原始人的图画、儿童的图画，其动机、目的、后果，全是纯粹的。其他的画，都杂着不可告人的杂念，因而，这样的画，都像演员在演戏，是演出来的。

琼　耳

我和哥哥在一个充满艺术氛围的家庭出生、长大。外公是我心中的偶像，尽管我与他的生命交集不是很长，彼此之间总有一种深深的、牢牢的纽带连接。

妈妈告诉我，我和哥哥两岁多就拿起了小画笔，在各种纸上飞洒我们的想象。

我从三岁到六岁是在宋庆龄托儿所 / 幼儿园全托度过的。那时的宋幼还在五原路上，有个大花园，创造“三毛”人物的张乐平爷爷就住在隔壁弄堂里，时不时来看我们，带着我们一起画三毛。

我和哥哥有幸参加了上海市少年宫的绘画艺术组（华山路乌鲁木齐路路口的那栋白色大理石大厦）。那时，我们每周一次去那栋白色的“宫殿”里学习画画、创作。其他国家领导人来上海访问时，经常会安排来参观少年宫，看看中国孩子们的才艺，届时我们就会现场挥笔作画，赠送给来访的领导人。

通过市少年宫，我们的作品去到了世界各地。我们参加了许多国际儿童画比赛，获得过各种国际比赛的金奖、银奖。

六岁那年，我和八岁的哥哥恩戈一起，正式拜程十发公公、韩天衡老师为师，成为他们最年轻的关门弟子。还记得程十发公公在华亭路的家，他与程师母并排坐着，韩天衡老师与师母也坐在一排，我和哥哥跪地磕头拜师，简单、正式，又充满温情。可能是我们两个这么小，又这么认真，大家对我们免不了有些袒护吧。

每周除了学习，我们都要练字、画画。每周去一次程公公、韩老师家里，接受他们点评指导。除了技艺的教授，他们还教导我们“画如其人，做事先做人”，艺德——艺术家的人品与心境的建造是创作的基石，那时的我与哥哥，左耳朵进、右耳朵出，可能没咋听懂，但我们心里却留下了种子。今天回想，感触良多，感恩至极。

作为小学生的我和哥哥，受邀加入了《我们一百万》报社，担任美术编辑。每周五下午，我们都会认认真真地去报社（陕西北路康定路路口）画插图，写美术字的标题，排版，等等。这是一份

完全由小朋友们自己办的报纸，小记者们到十五岁一定要“退休”。当年上海一共有这样两份“互相竞争”的小朋友办的报纸：《我们一百万》和《小主人报》。

记得20世纪80年代初，上海电视台拍了关于我们兄妹的专题片，陈燕华配音。其中有个镜头，我站在高高的五斗橱上，把我的画一张一张“飘洒下来”，画外音中的声音：“你的梦想是什么？”“我的梦想是用五彩缤纷的小画笔，画出我看到的五彩的世界！”

年幼的我，随家人长途跋涉，驱车敦煌，欣赏多姿多彩的飞天佛像；攀登黄山，触摸千奇百怪的松柏与奇石；盘旋庐山，身陷千姿百态的云雾缭绕。长大成人的我，又穿越万里，来到了记载欧洲艺术文化历史的法国，在欧洲艺术的海洋里遨游，见到了拉斐尔、毕加索、罗丹、考尔德、贾克梅蒂等大师们的以前只能在书本上、网络上看到的原作，感受文艺复兴、印象派、后印象派、超现实主义等各个时期的伟大作品，体验各个建筑设计时代的杰作——

朗香教堂、卢浮宫、凡尔赛宫……当我靠近这些作品的时候才能理解，真正伟大的，是这些作品背后所表达、所承载的每个时代的精神。演绎一种精神的作品，是一种力量，是一种永恒的存在。

几年前，有机会带着孩子们来到波尔多地区，看到被称为“史前卢浮宫”的拉科斯岩洞。洞窟形成于地质年代的第三纪，是经石灰岩缝隙渗水侵蚀而成，里面装饰着旧石器时代（约 4 万年前）大约一千五百个岩刻和六百个岩绘，包括了红、黄、棕和黑等多种颜色。叠压的岩画图像证明不同的艺术家曾经在这里重复画过多次。画面中有野牛、驯鹿、野马等，它们有的逃遁跃驰，有的前后成行，生动地表现出动物的习性与不同的姿态。与孩子们在里面边参观，边探索，边体味想象当年的生活。听说许多岩画都是躺着画出来的。

“艺术源于生活又高于生活”，这些史前壁画告诉我们：艺术是相通的，不论古今，不论东西。虽然这种相通由于时代的不同而表现出一定的差异，但总体来说是一样的，是千古不变的艺术原则，过去是，现在是，将来也是。

十 四

我出生在一座很大很大的山下，这个山，叫白阳尖。这个山顶的茅屋中住着一家山人，他家只有一口缸，可以蓄水，水要从老远老远的山泉中，用竹管一节一节地接到缸中。他们白天开辟山地，种上苞米、番薯过活，也不富足，也不饿死。晚上，老虎、豹子经过他们家门口，看到有火燃着，有一道木门槛，看看就去了。黄昏，只有黄麂因为渴，是要叫的，其他的野兽要到天快亮时，便全部叫起来了。老虎、豹子、山鸡，各色各样的野兽，这些野兽，白天睡觉，晚上是很忙的，活动得非常厉害。蛇也是要叫的，所有的虫全会叫。它们在静静的晚上斗争着，不是你吃了我，就是我吃了你。不管老虎、狗熊，看到人，它们就想吃。但任何凶的野兽，多怕火。要是它们追你来了，你身边带一支火棍，中藏火油，你火柴

燃起火光，大胆烧去，它就大吼一声，飞一般地逃了。

这个野兽世界的山崖上，不但虎豹可怕，即使是一条生白毛的蚕一样的毛虫，在你身上一滚，你必痛得直叫。有一次，山顶人家的缸水用枯了，只见一条白骨，原来是条蛇落入缸内，死了，茅屋很暗，山家得水不易，不知不觉把死蛇的腐水全喝下去了。然而把几尺长的蛇的白骨挂在檐下，未免是可怖的。

高山深岭，人兽同群，在中国，这样的山村，不知有多少。山村的人，是不是永远与文化绝缘，在云雾中生长？

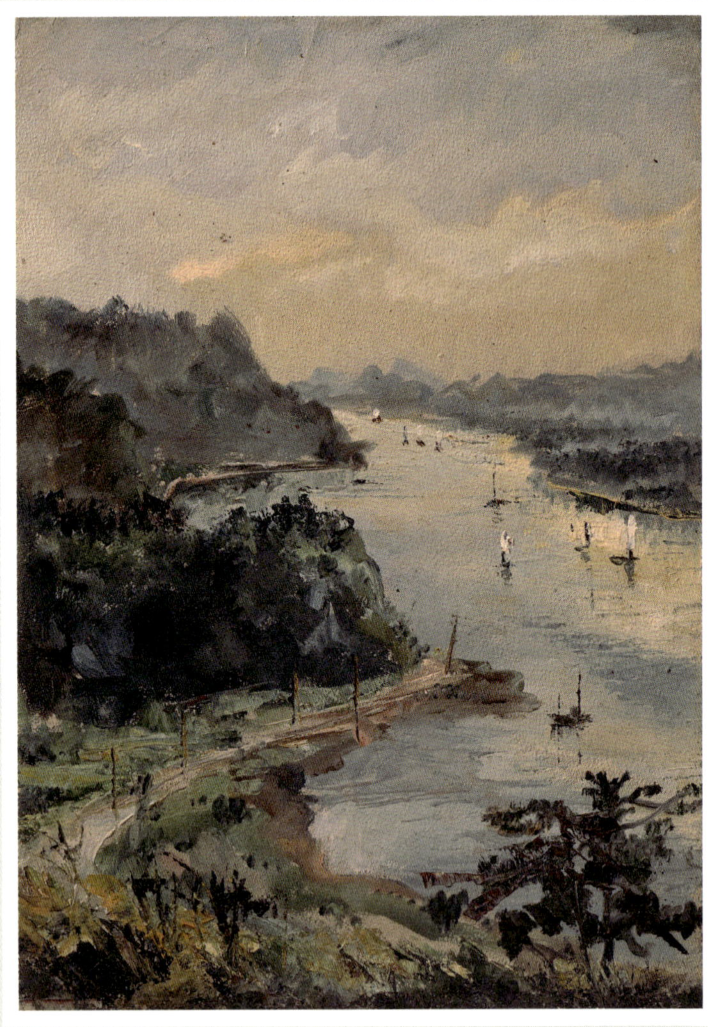

十五

人和水。可能在原始时代，“人”这种属，根本不是猴子,人就是人这一特殊的种属。他和水有着莫大的关系，却不和猴子一般与爬树有莫大的关系。

我记得我不到十岁，已能钻到水底，把水底石洞中的鱼擒住，而且在水底张目而视，看得很清楚。水，只要知道她的个性，并不可怕。人只能有限地和水打交道，而不是谁可征服谁。

大概离开三里、五里，沿着水边就有一个山村，而村子总是沿水居住，人永远离不了水。对人来说，水道几乎是条火车铁轨，水是交通要道，又是文化传布线，而且还依赖她生存，生存在这大陆上。如果这个地区水已断绝，居民就得逃光。

离开我出生地五里路，一个小村中就有一个画画的人，他的名字叫小毛，好像没有先生，自耕自食，有空即画牡丹花，当然也画猫、鸟之类。又离开五里，有个人会画山水。这些山村，离开城市，有三五十里路，那么这些人，是到什么地方去学会这些玩意儿的呢?

有一次，有人造了个新屋子，白墙很光。我的二哥，是个游手好闲的人，不喜欢读书，他只十多岁，爬上木架，用根竹签，在墙上画出个好大的人物。大人们个个惊奇。可是他活不多大就死了。

离开旧式的师徒教学，离开新的学校教学，人的知识技术是从哪里来的?尤其是一个深远的山村之中，要是能产生一个画家，是不可思议的。

元人没有文化，他们征服了中原，使得中国画坛，成为一个废墟。浙江诸暨有一农人，他努力画梅花，就在这个废墟上，画出了他自然独有一格的墨梅，这就是大画家王冕。

在浙江富阳的道观中，有个叫黄子久的道士，他在闲余之下，常画一些山水。他在元人践踏的废墟上创作，成为山水画中的大画家。王冕的墨梅，黄子久的山水，

都不是前人表现过的旧方法，他们是在元人废墟上创造出了新方法。

统治者，用铁蹄毁坏文化，但焚毁烧掠，是毁灭不了种籽的。资料还在，前人的手泽还在，就有一些种籽承前启后，献出了一生的精神，献出生命。这就是民族形成的基础。

元代画家王冕（1287—1359 年）和黄子久（1269—1354 年）都是富阳附近名士。王冕在画史上以墨梅著称；黄子久即黄公望，是“元四家”之一，代表作为《富春山居图》。

梅林之雪
恩戈十一岁写生于淀山湖

慧　诘

父亲出生在浙江富阳的一个小村庄——新关村。富春江的支流大源溪缓缓从村边流过，周围丛山环抱，最高的岭叫白阳尖，岭上开满杜鹃，翠绿的竹子漫山遍野。父亲曾刻一方章："白阳尖下吾以降。"他作诗描写自己生活的村子：

紫晖旋回亦踟蹰，谷处茅舍栖碧梧。
万壑深林暗如苔，一湾清流绕村隅。

我的爷爷是个秀才，头上扎小髻，长须飘飘，像个道士，家中收藏了很多书画和古玉，写得一手好字。家里住的是祖上的老宅，长约一百多米，深五进，大门上方的青石上刻着四个大字"金相玉质"，宅内牛腿和额枋的雕刻非常精美，是典型的江南豪宅。几房子女都在这里长大，后在文化领域各有成就，蒋家成为教育世家。

父亲年轻时为求学离开老宅，同时带走了在当地没有机会读书的两个年轻的妹妹。他在杭州国立艺专读书，毕业后去日本一年多学习雕塑，再回母校攻读研究生。中华人民共和国成立后，他在同济大学教授美术，因为一些原因一直没能返乡，但他思念着生养自己的村子，眷恋着环村流淌的富春江水，家乡的一草一木、一山一水，都深深刻在他的记忆中。

父亲爱家乡，他收集各种版本的《富春山居图》。这幅长卷是元代画家黄公望的传世之作，因着战乱，此画分为两半，前半卷“剩山图”藏浙江省博物馆，后半卷“无用师卷”藏台北故宫博物院。父亲对此牵肠挂肚，心心念念想完成一幅完整的《富春山居图》，以纪念自己的家乡。

父亲患重病后，居家养病，将旧书摞成两堆，上面搁上一块长玻璃，变成画桌，又找到家中的旧丝绢，佝偻着腰用烟头、豆浆、颜料混合成水，将绢染成古朴的颜色，开始了《富春山居图》的临摹工作。每天早上七点，他就坐在玻璃桌前，开始打稿、勾线、上墨，晚上十点，在我的反复催促下才迟迟收工。那段时间，他不仅临摹了《富春山居图》，还摹写了东晋顾恺之的《女史箴图》《洛神赋图》、唐阎立本的《历代帝王图》、唐韩滉的《五牛图》、五代周文矩的《文苑图》等二十多幅古代的经典名画。他忧心传统文化的存续，所以要赶在生命的终点到来之前，留下种籽，埋在土中，等待开花的那天。

父亲摹写了《富春山居图》后，意犹未尽，准备画一卷《新富春山居图》，以寄托自己对家乡的感情。他以家乡的主要景点为题作了近二十首诗，并在本子上勾画草图，遗憾的是在他生前尚未成卷。特摘其中一首附下：

灵峰

桃李满坡艳如故，野草荒径安顶去。
水声潺潺送客行，山高声细松涛和。
安顶之高高登临，富春山色罩烟雾。
竹荫杖舍如鳞接，矮屋门前人如豆。
一江横流泻钱塘，江水滔滔清如许。
悠悠大岭在其前，飕飕沙鸥一带居。
层峦沙迹富春图，豁然一角在南亩。

令人高兴的是，2011年6月黄公望《富春山居图》前后二段终于相遇，合璧后整卷在台北故宫博物院展出，父亲在天有灵，亦当欣慰。

十 六

我二十多岁还不会写字。我的表兄琢卿是以书法闻名的，并以此为生。父亲写柳书，八十多岁还写。我四妹瑞，十三四岁，写柳书，同父亲一样好。

我们一家玩书画，谁也不强迫谁，绝对自由。那为什么十四岁的女孩同八十岁的人一样？

我总觉得写字没意思，雕刻是最伟大的。那时唐云二十几岁，已能自由作画，飘飘然像一个公子。确实，他是个聪明人。但要做个画家，须具备一个非常倔强的画家个性，这个个性，要尊重自己，不能袭别人的成就，来动摇自己。尽可能受些受苦受难的生活，在别人没有经受的生活中，才知道什么才是不平凡。

后来，我在北村正信、朝仓文夫的工作室中看到，小小工作室，但在他们的院子里，大小大理石堆叠如山，

其作品如何，可想而知。而我们中国，对于国画，仅仅是对待自己一件花衫的感情，是属于生活享受的。对于雕刻，直到我的晚年，中国人还不懂得怎样的作品，算是雕刻艺术品。中国人，至多只能把雕刻艺术当作一件玩具。的确每个民族，有他的特点。

我在这当中，徘徊了四十年。

我读完了二十五史，我又上溯到二十五史之前几十万年的历史。

书画工艺之类，一些人是依附着统治阶级而存活的，这些人很可怜，听话的荣华富贵了，不听话的杀了。比如像黄鹤山樵这样一个大画家，已七八十岁了，元人把他关在牢中，明人又把他关起来死在牢中。

而一些有成就的画家，始终是无形地在搏斗着，倒是真的。中国有句古话,叫做文人相轻。我看不都是相轻，有一些，是看法不同，因而背地里搏斗着。

搏斗是好事情，有搏斗，才有进步。如是件件照所依附的统治者做，那将成为平静湖塘中，蓄养着的无数悠然的金鱼。

依附于人，或有成功。

依附于人，必无成就。

唐云（1910—1993年），现代画家，浙江杭州人，诗书画皆工，绘画擅长花鸟、山水、人物。北村正信（1889—1980年）、朝仓文夫（1883—1964年）都是日本著名的雕刻家。黄鹤山樵即王蒙，同王冕、黄公望一样，也是我国元代有成就的画家。

十七

每个民族，多有它的历史。历史除了正统史外，又有稗史、野史、私人史记，各种形式。

有一些是非常无聊的，而且绝大部分是伪造的。总之不够真实。而且“史”，全是借着权势而完成、流传，其中臣子、子女为其君王、亲人立传，显然不会真实。

其中还有作者的见识、作者的偏见、作者的倾向性。因而，对待一部历史的看法，绝不能忘掉自己的见解。

也有一些统治者，因为不符合自己的偏见，将大量的书毁掉，这种见识与幼稚，他自己也忘其所以。

然而历史，真是一个巨大的车轮，它有权力，把很可爱、很有成就的人和事，在碾过的车轮下，化为灰烬，不留一点痕迹，而把极坏极坏的坏蛋，染成五彩的伟人。

单从画家的角度看，为什么流传下来大名鼎鼎的，

我的故乡
恩戈九歲画

都是相国、奉常、中书舍人，至少也是太守，而另一极端则是高僧、妖道、妓女？在这种历史的内容分析之后，你能对历史有多少信任呢？

为了某一些问题的研究，我收集了一些不闻名的文物、杂件，以及无名作家的绘画，有些高于大作家。由此，我多读了一些有见识的野史，我有勇气翻掉这个巨大的历史车轮，如有可能我要注释这些历史，使历史有一些些新的生命。然而在丙午年，我的这些资料全失去了。

我的所有的意愿，着了空。

窗外下着细雨，青蛙出来觅食，乌龟也出来觅食。青蛙唱着，问起了乌龟。

乌龟：我的祖先从来不教我们呼喊。不管好事坏事，就把头缩起来。我住在这房基下多年了，现在通空窗铁板坏了，我进出方便了。我这幢房屋，好像换了好多家好多代了。我的祖宗不叫我们传下历史，不过我们祖先来到世界上，比人类还早得多，但我们

从来不骄傲，仍然称为乌龟。娃娃，你几岁了？

青蛙：去年生的，今年我就得生很多子孙了，而且要忙起来了，教万千只娃娃唱歌！老乌龟，你真不懂得漂亮！连面孔都不洗洗，这样好的花背心……快爬！主人来了。

十八

学校一个班，至少有几十个人。我最后同班的人，到目前，只剩了三个在社会上。我同孙青羊在同济大学，李可染在中央美术学院。如与唐宋的水平比，这个世纪，这些人，差得很远。这个世纪从事这一工作的，何止几十万人。但昙花一现中，卓然成家者几无其人。也可能站住一二人。

中国自五四运动以来，一切多起了变化，社会动乱是最大特点。我的一生七十多年，几乎过了五十年兵灾的生活，即使有志、有计划、有事业心，实际上不可能实现。思想的动乱，社会秩序的动乱，是同样阻碍事业与学术的发展的。但也有一些会成为促进的动力——激素作用。

中国的绘画，唐宋以前，多是从自然界吸取精华，

概括地表现。元代是衰落的时代,但由于有几个特出的人,创了新的体系,向超逸发展。此后便一步步倒退,挣扎中倒退。

汉到唐人的画马,多画平原奔驰的跑马。后人画马,全是马厩中的休养的马,没有一匹是能与汉晋人的奔马比拟的。

明人以后的人物画,如宋人写《清明上河图》之类的现实生活的人物没有了,如唐寅画人物,则全是用竹篾架子,外包彩衣。明以后,公式化占绝对优势。近代,利用写生摄影,以进攻局部为满足。一个人物生活的动态,成为无骨架的表面。

博闻强记。古代人的理解,与现代人的理解是有距离的。古代,由于工具少而差,材料昂贵,一个画人对待事物,这种强记的坚毅与深度,是难以想象的。如宫廷肖像、行乐图、夜宴图、高逸图、醉道图,多说明这不是件轻快的工作。古人看一本书,非把它背诵不可,或者抄写。默记是可以培养的,培养得法,眼手相应。如一切依赖资料,强记这件事,即不存在。

唐宋以后，总的来说，功力方面是退步了。但在风景山水花卉上，出了一些杰出的人才，那是从另一方面发展了——自由地、主观设想地、形色自变地、反传统地搏斗着，此为开辟新路，个别地自出新意，而死寻原本的逐渐沉沦了。

自出新意的，为数不多，乃画界明珠。已显者如元人四家，明人文长、老莲、王冕，及明末遗民画人石涛等四僧、扬州八怪，晚清有虚谷、苏长春。不见著录，作品失散的无名艺人，如细加鉴别，确有非常突出的人物，可惜没有人做这件工作，不然中国绘画史要重写。

鉴别能力，理解能力，是保存的关键。这个伟大民族，如此悠久的传统，若是像疾病一样，加重而至衰落，

则为不可思议的问题。

历史没有运转的一定规律，亦不可能凭人之主观来决定。但主观上决定要使历史上溅上一片色彩，只要意志以及配上机缘，则此意志，必然存在，由他的作品来保证。

孙青羊（1908—1989年），浙江绍兴人，现代水彩画家。李可染（1907—1989年），江苏徐州人，现代著名画家、诗人。

十九

从某一个人的一生，可以看清楚当时天下大势。

也可以由某一个人的一生事业，成为天下大事，或天下大势。

也可以由于某一个人对造化的游戏，却变成游戏造化。是天下小事，又是造化大事。

但也有由于一个人的无知暴戾，而毁灭掉无数人创成的文化精华。

游戏造化，在历史上本来是某一种风气之下，所发生的思潮。而这种思潮的产生，不同于其他各种文艺思潮，而是自然地游戏，中国的寓言，是“忘乎所以”。而自然界，从没有同一样的番茄，也没有同一式的云彩。因而这种画家，是凭感觉作画，不是对物刻画。中国的这方面的画的形式很多，它的名称，有“墨戏”“随笔”“漫写”“写

意”“文人画”……实际上是一种画式。

正唯因为是“写意”画，画家凭感觉，随意将水墨洒在宣纸上，这不听话的笔，不听话的纸，它不依照你主观愿望，如心如意显现出所要求的形象，有的地方浓了，有的地方浅了。原来，它自然地显出了颜色浅的地方是受光的地方，浓的部分则是背光的，或是近的东西。就凭着一块一块的色块，或者一块一块的墨色，在它们自己组成的形式，借它的可塑性，加上一根浓色的柄和蒂，不就成了若干个柿子。要是这些色块，它的可塑性是山，那就加上些树木、房屋，不就成为山水画了。

写意画，就这样很自然地完成了。

然而就有这样的人，他看了之后，他说造化看了，准有意见。你不信，你且看“造化问答”。

造化问答：

——我的真容与你画的不一样，我全身鸡皮疙瘩。

——啊呀！你怎么同亲脸孔一样看图画。

——你的意思是说我近视眼看一切！……嗯！（笑声）哈哈！

——你笑什么？

——远看，倒近似了。

——你的尊容本来……

——你是说，造化本来就是变化无穷的。

——假使你铁板一块的，谁也不会热爱自然。

——原来，你们是游戏造化。

单是善墨戏，这是文人游戏之事。能千山万水，必须能墨戏，他的笔墨才能活。

三个和尚
恩戈
七歳画

慧　诘

从小看父亲画画，从室内画到室外，从课堂画到山水之间，从开学画到寒暑假。

父亲曾刻过两方印章："悠然心会""妙处难与君说"。他在自己的心得笔记中写道："踟蹰于大自然间，非观察，既娴熟于其间，思想感情，悠然心会而达放心同化。然后，此意境自然发乎至情，非强求、摹拟，如可观察摄得，何其神也。""意境繁华无枯绝，取舍发挥在我，是谓设想。"

中央美术学院的曹田泉教授在为父亲西画画册《异变的智慧》所作的前言中写道："唯识所变，因缘和合，说变就变。其高深难解，足见作者精妙的思想水平。"又言"悟得化，始知变；知变，始能化"，将父亲对绘画艺术的追求概括为"悟""化""始""变"四个关键词，至理至微。

悟，即见真相，明心见性，达到涅槃。

化，化生，化现，放心同化，“乃集一切智慧量以为吾用，集众妙法门为吾化，化始入门”。

始，善研究，得体味今古，善创作，则敝屣古今，所以知始才知变。

变，千变万化，方可传神。

二十

你要听听天大的事情么?

原来国王老了，而国王有十个儿子，一个女儿。女儿仅是这个国中最高的艺术，而十个儿子却总有一个可以做帝王!

国王带着女儿散步，闲谈。

——我有十个儿子，总有一个要继承王位。他们要争起来，我无死所了。

——我可从来也不会去忧愁这种……爸爸!

——你可怜，一生没有权力，所以你是一无所有!

——爸爸，你把功利比自己的生命还看

得重。那么十个弟兄为了自己的功利竞争，你对自己的功利将完全失算了！

——照你说，他们十个亦将为功利竞争到最后，那么为什么你却不争呢？

——好在你没有对我进行这种教育。

——你太可怜了。

——照世俗不言而喻。

——啊呀！我很后悔把你安放在孤独之中。

——不！你看到过“游戏造化”这位画家吗？

——咄！这是毫无实惠地生到人间来的。

——可是他，每一张游戏的画，多被人取去保存了。而且南到广东，西到天山南麓，北到兴安岭下，东到海上诸国，全来求他的作品呢！

——可怜的游戏！

——不值得的游戏，是这麻烦的王位。

——嗬！这个无上权力的功利王位，国王老了，是个天大的事情啊！

天，渐渐灰暗，有一阵大风从远处响着。整个大地似乎有些波动，造化的变化谁也不知道会发生什么事情。是啊！天大的事情，是人类生存死亡，不是国王的功利。

国王的女儿，没有宇宙的知识、造化的知识，她的知识，是有限度的，但永远没有自私地对待造化、热爱造化、游戏造化，和造化的存在、变化是等同的。

二十一

《清明上河图》。

画坛中，有游戏的作品，也有精神寄托极尽功力的作品。

这幅《清明上河图》，是个北方赶车人的作品。它描写了天下大事，也描写了历史大事。他是一笔笔用了无数的岁月、无数的心血、无限的感情，才描绘完成的。

东京是个北方的大都城，交通要道，是六七个省的文化经济枢纽，货物必须经过东京转运到各地。赶车人，由于职业的关系，他跑的路多，见得多，接触得多，因而对每一地方的特点，都寄予很深的感情。他热爱北方，热爱东京的风物房屋、桥梁、牛车酒旗，以及船只与碉堡。那么，他和国王的功利，和游戏的画家的感情，完全不一样。

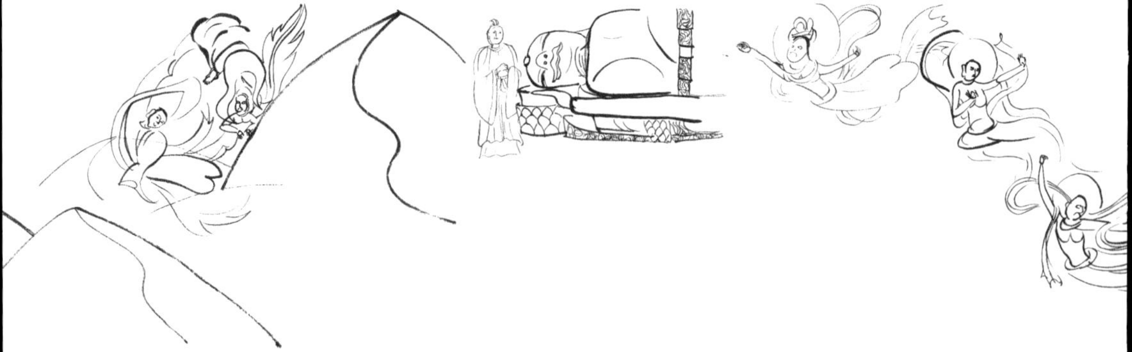

敌人的铁骑，野蛮地踏遍了东京，踏遍了北方，毁掉了一切，焚毁了东京的繁华。使得交通梗阻，人群流离。赶车人眼看着沿途的悲惨景象，眼看着如何变成一片焦土。

赶车人赶过黄河、淮河、长江，真是风物全非，黯然失色。战烟烽火，铁骑遍野，使得赶车人无限地想起北方，想起东京。

江南碧油油的田野，江南葱绿沉郁的苍山，这一切使赶车人特别忆起了北方解冻之后，青青的麦芽和芳草，渐渐改变了黄沙漫天的北国气候，河上的绿柳初吐新芽，河上的船只和硕大的牛车，往来于各个驿站。

赶车人的怀念，发而为绘画。他开始把东京的初春，北国的情调，布置在绢素上。

他在绢素上，先从广阔的平原道路开始，渐渐写到集市、大拱桥，一系列的牛车马群，那种特殊的酒家，青色的酒旗，赶着大群家畜的商贩，医卜星相的闲店。这些当中，全有赶车人的熟娴的朋友亲戚。然而，这一切都是梦一般的在记忆中，现实的是敌人在故乡的掠夺。无限的乡思，用诗一般的笔，在绢素上描绘。

然而这里面的人物，全是有感情的联系，声音、笑貌、动作，多有他们的个性。因而老少、劳逸、不同生活与行业，全要付与感情。十水五石，在这些画上，却是非常分明。用十天时间画一片水，这种水波的画法，先要画出几何图形，然后化成波浪。大家看到过展子虔的《游春图》中的水纹，只有这样的画法，才和其他刻画精微的各种事物调和一气。因为这幅画上，他甚至把北方只有仰瓦，而南国却有仰覆瓦等细节都分辨出来了。不但如此，就是桌椅轿车、建筑窗户，亦表现得精微无遗。

由于是怀念祖国的情绪的寄托，故每个细节，都是有血肉精神的笔墨。

这种画，是画中最为工整细致的一种，是要花几年时间才能完成的。这幅画是怀念祖国的作品，并没有正式的名称。但在故都，有很多种描写京都繁华的“清明上河图”。这幅画也许是受着这种风俗画的影响，而得到启发。而在精神实质上，却是有天壤之别。

为了纪念这位赶车人的画幅的精微，其间也与游戏造化的写意画，以及一般创作，有很大的区别，所以这幅画还无正式名称。它是忧国怀乡，用很长时间创作的精微画的代表。

《清明上河图》，北宋风俗画，北宋画家张择端仅见的传世精品，也是中国十大传世名画之一，被誉为“中华第一神品”，现藏于北京故宫博物院。

二十二

中国的绘画，是不是只有以上的游戏造化的写意画，同这幅精细工整的画两种形式?

不是的，当然不是的，介于这两种形式之间的方式多得很，也不必分门别类，如把它分门别类，倒反而限定了它，变成商品的甲级乙级了。因为它的形式，有的还在发现创造之中，还在变革之中，谁也不会知道将来会产生怎样的东西。

只要制造底子、颜料、工具、产品的部门，没有坏死、停滞，日后的新发现，总是春笋一般，使人大吃一惊。

说出具体的集中表现，就是一件很好玩的新闻。

在宋代的时候，就有人用莲蓬代笔作水墨画。也有在粗白布上作水墨山水。如果提到古代南方的楚人，把硬兽毛包缚在圆杆上即成为尖细的描笔。外国人进了中

国大门，就增加了西洋红来混用胭脂，铅粉代作蜃粉，其后又以锌白代作铅粉。

如单谈个人的习惯法，金冬心用漆匠的刷子于书法，潘天寿在竹竿上装海绵代笔，傅抱石惯用熨斗、矾水，张大千几乎使用了中西任何材料与方法。虚谷作画，将画桌放在屋中，作者则在四面八方抒写。至于用指头、指甲、指掌，那更不可胜数了。

交通发达，文化交流，一种自然混合，将是必然的。但谁也没能力去强迫人就一定形式中制作，更谈不上用命令来规定框子。艺术的原始，本来就是为了获得野牛，而画野牛，也有无意识地就官能的认识而画出野牛的生动形象而满足。就从原始人画出了无数美丽的几何纹，就能明白，他们懂得调和变化美观，当然其中也有为功利观的。至于创作——创作论，则是有了相当高度发展的人类文明之后，才发现的。

中国民族，自有她的特性，她从过去到现在，没有产生超现实的思维与作品，即今后，也不可能产生。然而变革，将是无可幸免的。而且是必然的。

是不是由于中国有特殊工具材料——笔墨？它本身已具有千变万化、应性生格的性质。试看梁楷、云林、八大、石涛、虚谷等水墨画，确实提供了攻破樊笼的足够炮弹，英雄用武自有余地，并无马戏团班的超现实来炫耀人间。

不过，这仅是客观的材料的试论。

有人把苏东坡、倪云林，认为是非现实、超现实，这是历史的误会。

多样、丰富，不等于甜俗。创造出新型的风格，则是可喜的，也是必然的。

琼　耳

我愿自己能成为中国传统艺术的继承者、发扬者。作为这个东方国度的演绎，所有矛盾激烈斗争而又相处融合，具象且抽象，古老又现代，时而是时而否。从小在中国传统艺术中的探索，建筑了我精神中的一个中国文化框架，而法国的留学生活经历赋予了我现代的创作手法和现代绘画的符号语言。简单而言，使我的艺术探索成为一个双向文化的代表，成为一座东西方文化的艺术桥梁。

我和哥哥从小习画，在考大学选择专业的时候，所有的亲朋好友都理所当然地认为我们会选择艺术系，然而我选择了设计，哥哥选择了建筑。我相信，艺术是主观的精神世界的表达，与名校的文凭没有任何关系，作品触动心灵即可。而设计，是生活的紧密战友，需要系统的学习与培训。

外公说过：中国的绘画，不是只有游戏造化的写意画与精细工整的画这两种形式。介于这两种之间的形式多得很，不必分门别类，因为有的还在发现创造之中，还在变革之中，谁也不知道将来会产生怎样的形式。

中国传统绘画的最大特色在于对画笔的掌握和对水墨的运用。在我的创作过程中，油画布代替了宣纸，摄影纸代替了油画布，竹编代替了摄影纸，羊绒毡子代替了竹编，色彩代替了黑墨，暗房的曝光之光代替了水墨的笔触……所有的转变，概念依然存在，手法、材料可以千变万化，继承水墨运用的特色，尽情泼墨挥毫，对画笔的掌握也体现了内心的世界，体现了对世界最真实的理解。正如石涛所说的，这是要“从于心者也”。作为画者，意志坚定地随心舞动，书法化的挥毫，将生命中最深处的奥秘揭开，让力量穿透我们的心灵，鼓舞我们的灵魂。

从童年到青年到成年，绘画一直是我最忠诚的伴侣，最自由的世界。我曾与好朋友分享：每当我从创作中抽身走出时，身体早已疲惫不堪，而心中却感到无限幸福，如同被绘画拯救了一般。

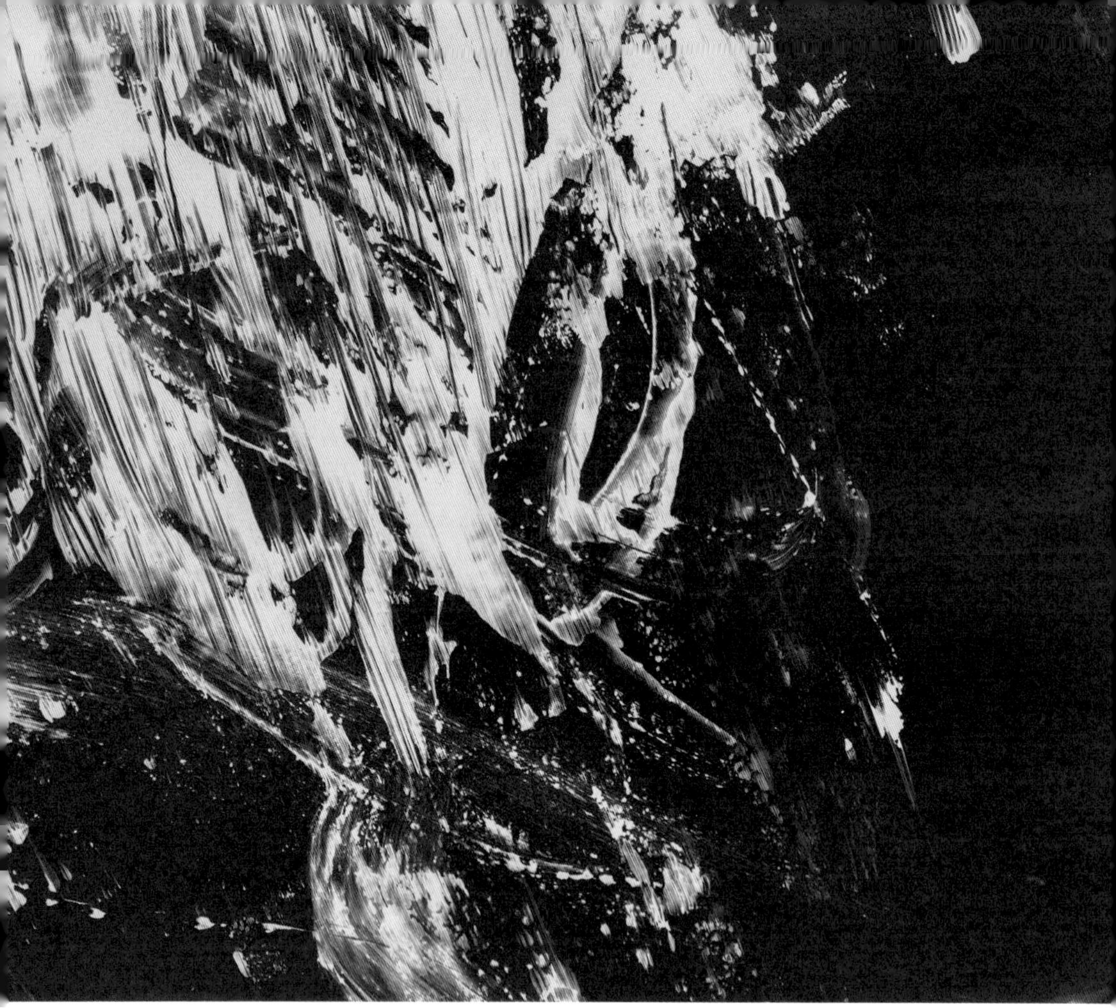

二十三

隙，也是一个天下，是造化间余裕。

二板之间有隙，仅可容虫。星与星间之隙，乃成天地。

两个画派之间亦为“隙”，此隙，即两者未到之处。在人未掌握，在人无此才能以掌握之精灵，则其难可知。取捷径以成名，古巫医耳！攻坚以求，成败难定。然及其成也，必有可观之成就。

食人之余，避难就易，其始也立见功效，然而此种途径，辛苦一生，无不得其概略，毛羽訾严。凡此所云，只见其表。始终隐其隙，不得奥。

写文化史而不利用文物，这是一件奇事。

后世画人，学前人艺术，见不到真品，自己指示为仿，实际上一点似处都没有。这是因条件所限，无法实地观摩文物之过。八大欲学元人，但其信中，只谈到借思翁

作品，可见当日元人作品之珍贵。均已封锁，无人能见及矣。

学文化艺术，能参看一些前人的东西，比闭门造车的人，进步要快一些。但是多少前人遗存，却有人一火烧去。寂寞的人世间，不可解答的问题，多得很；不可言说的故事，也多得很；不可能的疯狂也是不可胜数。因而智慧这东西，有时往往也是一个谜！

琼　耳

2012 年，在美国圣迭戈中国美术馆里举行了我与外公作品的对话展。我们祖孙两代、相隔近一个世纪的作品，在同一个空间存在，这是一场艺术与时空的对话。外公早年留学日本，在那里学习了西画以及雕塑，在外公的国画作品中，我看到了西方油画的重彩，在他的油画作品中，我看到了中国水墨的灵动，甚至连他的音乐生活也穿越在小提琴与古琴的曲调中。外公“中西合璧”的探索，比我早了整整一百年。

我非常清楚当今的潮流正是各种文化的交互，然而作为画者、设计师的我，在交互文化实践创作中最看重它的“中国性”。中华民族，自有它的特性。我从来没有将不同文化简单地归结为一种难以理解的异国风情，更没有将它理解为是与西方文化难以并存的东方性，艺术设计创作的关键是打开自己的精神世界大门，是这个精神世界构成了中国印象，甚至超越国度地，涵盖了所有以

竹刻六角攒盘

菠萝漆盘 大英博物馆收藏

中国文化为本源的东方国度。

2022 年的今天，我循着 SHANG XIA 求索之路至今整整十三年，探索中国传统美学的当代性演绎，探索中国精湛手工艺的传承与创新的激荡，探索如何赋予过去历史 21 世纪的文化情感，探索如何用意想不到的平衡，点燃生活的华丽光彩。

这场探索也一直在寻求关于三个问题的答案：

一、何为中国风格?

在当代设计中，有“中国式”的思考方式，中国式的“哲学思想”，但并没有一个固定的“中国式”的元素存在。也就是在创作中要“取之神，弃之形”。

飞翔 碳纤维椅

二、何为传承?

所谓“承上启下”，所传承的不是看得见的形体，而是支撑形体的精神。汲取这种精神并将之运用在现代，引领新时尚，这才是“承上启下”的真意。

羊绒毡服装

揽月包

三、如何实践?

用传统的东西 + 灵感，来创造前所未有的东西；用习以为常的东西，来创造一种让大家都惊讶的东西。

在过去二十多年的艺术设计实践中，我觉得有“中国式”的思考方式，但并没有一个固定的“中国式”的元素存在。我们的创作概念，正如“上”与“下”的象征，一直在两极之间流动，在意想不到的地方邂逅：内与外、西方与东方、抽象与具体、局部与整体、历史与当下、过去与未来、工艺与科技、简单与复杂……我们发现它们之间的摇摆幅度越大，最后作品就会越有活力，拥有更强大的力量！我相信，诗意与初心能与现代生活完美融合，要用好奇兴奋的视角探索自然，在常规之外，获取更多突破界限的灵感迸发。

今天的中国在国际舞台上扮演着越来越重要的角色，继续发掘并将中国文化的经典发扬光大，我相信这是过去，是现在，也是未来。怀着远大的愿景，重新连接中国灿烂的过去，用当代设计重新演绎中国的经典艺术，将极致卓越带入生活。

中国的，世界的，永恒的。

五岁画

二十四

海内存知己，天涯若比邻。

程十发，华亭人。一次我说：娄东继起有人。我的意思是玄宰后，继起无人，而娄东则是繁盛无比。学十发画的后人，无论如自来水管的冰冻堵塞，依然如群星般散落人间。

一个美术史家看问题，至少要有这点能力。

十发喜欢旧画，从伯年到石涛，凡挂上名的画家作品，全喜欢。

有次去看他的伯年藏品，其中有一张，五谷丰登，有名款而无印，大概当时即复制。这一张，是绍兴人喜欢玩滑稽的习性。滑稽画与现代讽刺画属同一系统，也就是旧文人玩世不恭。

过了十多年，十发又为我画《屈原与婵娟》，风格完成固定下来了。这样情况下，如要他改变作风，那等于扭断胳臂重行接骨，这不单是主观的力量，还有一部分客观的力量支持着他——一大群人围着蹦跳。这叫做时代风气。

去年童子来说，十发心情不佳，在种水仙解闷，我叫他送一只宋龙泉瓷钵去。过了些时，他写了幅水仙来。他似乎在废弃笔砚彩墨，像美洲土人造纸，将色液洒在帘上，纸上纹样天然成章。

有人一天到晚着眼笔、墨、敷彩、形象，而有人想打破这个桎梏，这是完全合乎精神分析学规律的。但十发是否有此想法，客观是不能照顾主观的。

但这幅水彩不及一般牵牛花之类泼剌。

程十发（1921—2007年），上海金山人，海派书画巨匠，在人物、花鸟画方面独树一帜。娄东即江苏太仓，娄东文化源远流长，在明代进入鼎盛时期。玄宰指明代著名书画家董其昌，上海松江人。此处肯定程十发为上海地区继娄东繁盛期、董其昌之后的书画翘楚。

二十五

朋友之交淡如水。水是多么澄澈可喜啊！

而从幼年到晚年仍然友好如初，那是更可宝贵啊！

近年来，仅剩下了张厚直，八十岁了，远在金陵。唐云六十七八岁了，倒是近在咫尺。其他人大多前后去世了。廷槭还算年轻。

秋风萧瑟，晚年本来就是寂寞生涯。

多少年前，天授尚未结婚，住在俞曲园的俞楼泉之傍，何憎每天去看他。我住在隔壁广化寺六一泉（苏东坡为纪念欧阳修凿的泉水），湘灵卧病阁上，大休和尚每夜弹一二曲古琴。不久大休死了，湘灵也死了。

有时去看天授作画，他满意的不多，桌下丢掉的废品比完成的多。我藏的墨牛大幅就是这时作品，真是一幅伟大的作品。

人是多么脆弱，艺术是多么康健。他对待艺术的态度，比现在一般人要坚定得多。这是他最大的特点。

某一年，他与何愔避兵缙云仙都石谷中，我从金华走去看他。夜饭后，他为我画了墨荷，这也是一件精品。这是他为人、本质、艺术观，完全统一的代表作。我带着它走了浙江、江西、福建、湖南、广西、广东、湖北、江苏八个省，到今天已过了三十余年，仍在我的手中，真是件幸事。

近一二十年前，天授做了校长，我们很少见到。这是他作大鹰的时代，作风有点乱，文章中的艺术观，也掌握不住了。正如石涛写《画谱》的时代。一个画家，有时会遇到孙行者过火焰山、火炼金刚的时代，但他的画确是气魄雄伟，不可一世。

1962 年我从黄山写生归来，与陈盛铎到景云村去看他，他和以前一样朴实，谈吐依然如旧。

从此一别，不到十年，直生奔来告诉我：天授死了。

在我病危时，何愔从杭州来看我。我说若能不死，我必为天授写完《三门湾人艺事录》。是的，在我第二次

病笃之前，我终于写成了《三门湾人艺事录》，这中国第一画人的艺事纪录。

君子之交淡如水，水是多么透明无迹啊。

天授，即潘天寿（1897—1971 年），我国著名画家、美术教育家，与吴昌硕、齐白石、黄宾虹并称“现代中国画四大家”。何愔是潘天寿的夫人。景云村，潘天寿故居就坐落在杭州西湖东岸南山路景云村 1 号。

二十六

朋友是丛林中的花枝，访友则是丛林中仙鸟的游戏。

金陵古城的脚下，傅抱石在卅五年前修建了一个小庐，经过兵燹，屋虽破烂，他仍住在这破庐中。

当年我同樊明体去看他，室中除一些木器外，寒酸得像个山家。四壁与楼板，只看到一片白木，谈不上幽，也谈不上富丽。如用当年芥川龙之介访问中国文学家的口气说，似乎感到可怜。

他红红的脸，有些浮肿，一口江西腔。我谈到在南昌收集到他一幅红衣达摩面壁图，黄绫裱，那是他中年在江西教书时画的，完全像王一亭的笔法，真没想到会变成现在这个样子。他大笑起来。

是的，他的过程，主要是到日本去学到写生的方法，用在中国画上，而不是如日本人的死做，难怪他要大笑。

这个过程，是个微妙的过程，他没告诉人，也没写下来。正如一个医生，首先应写下一生医死了几个人，画家应该说一说走了多少弯路、错路。大笑只能说明，这半生做了多少可笑的事。

天授一出笔便霸悍，至死没有变。抱石是由一个江西的山城变到海外，所以纸上洒矾，用笔用熨一起来，破笔吹墨染满天，一切求新、求真，挖空了心思。

然而这样一个可爱的画家，当他归来敲门，门开了，他就倒下，永别人间。保存下来的，是他袋中永不离身的酒瓶。

傅抱石（1904—1965 年），现代著名画家，诗书画印全才，尤以山水画成就最高。

二十七

有一次鲁迅先生同我说，如遇到达夫，劝他不要移家杭州，还是北京好。但他为了映霞，还是买屋杭州大学路。

《日说九种》初稿，我读过，我觉得一个小学教师，会这样颠倒人？及见其人，觉得有艳色无艳骨。友人常问我：什么叫“艳骨”？我无法回答，只说多读李贺的诗吧！

这次到大学路去，与高不危同行。进了门，是小小三间平房，同我常和幸斧到小朱巷3号的房子同式。但挂着竹帘，明窗净儿，清洁可喜，使我想起倪云林的生活。与创造社门市部楼上的情景全然变了。

达夫穿杭纺中国衫裤，黑鞋。记得有人称陈继儒“翩翩一只云中鹤，飞去飞来宰相家”，我真为达夫流一身冷汗。他泰然爱着他的诗和美人。

与映霞打了个照面，她手中正理着一块红巾，我为达夫祝福。门前有汽车声，我们就离开了。

不久鲁迅先生逝世了，我至今只留下许广平的信、茅盾寄来的照片。而达夫的家也毁了。

不久，他在南洋办《星岛日报》，引起日本侵略者的不满，与另一编辑被活埋在泥坑中。

读《茶花女》，始终为马格里特难过。

郁达夫（1896—1945 年），现代著名作家，新文学团体创造社的发起人之一，革命烈士。

二十八

在上海，我和祖同去看邵洵美。夜色已深，上海还是热气腾腾。

老邵始终在吞云吐雾。我们吃宵夜、点心，谈着诗、画、文、考古……人生。

——像我吐出的烟雾一样，总有一天一切消失。

——呕出多少心血写成诗册，参加过多少繁华的社交，有过一个显赫的家族，然而我将把它吞云一般的吞掉，像雾一样吐出。

——一切多有个大变。那是大气层中的事，有所喜爱，你就不怕一切地喜爱它吧！

祖同只满足于宵夜到口，我似乎感到茫然。

邵洵美（1906—1968 年），新月派诗人，出身上海官宦世家，在出版、翻译等文化领域颇有建树。

祖同，即金祖同（1914—1955 年），考古学家，代表作《殷契粹编》。

慧　诘

父亲年轻时在杭州国立艺专就读研究生，其时潘天寿执教，二人亦师亦友，经常一起聊天切磋。一次二人围着一碟花生边吃边聊，聊到高兴时，将花生扔了，翻碟为砚，倒水磨墨，潘天寿用手指蘸墨即兴画了一幅墨荷给父亲留作纪念，并落款：“翠羽明珰质，娉婷孰与俦。妙香清入髓，凉月淡乘秋。环佩波声邈，湖云梦影浮。何人为系缆，一片水风柔。玄佁弟鉴可，三十一年桃花开尽，懒道人寿者。”

这幅画父亲一直带在身边，走过了浙江、江西、福建、湖南、广西、广东、湖北、江苏八个省，“文化大革命”中更是千方百计保护，后将画藏在屋顶的阁楼上，几番抄家都侥幸躲过。父亲多年用心收集潘天寿的资料，文章、题跋、画论等，用蝇头小楷记下了厚厚三大本笔记，但不幸遭焚毁。1971 年，父亲听到潘天寿重病不治的噩耗，呆坐了半天说不出一句话。他重又找出空白的纸笺

装订成册，用毛笔在签条上缓慢地写上“三门湾人艺事录”，再次开始誊抄整理工作。

“文化大革命”中，父亲的朋友们、很多老画家作为学术权威都受到冲击，有的被关进监狱，有的被扫地出门，有的被开除党籍。父亲很牵挂他们，他从屋子的角落里好不容易找到一包不知何时放着的紫砂泥，掺上水，用手和泥，揉了又揉，搓成一个个长条的图章样式，顶部捏个钮磐，底部刻上朋友的名字：林风眠、程十发、唐云、王禾……没有窑，就放在煤球炉里烘烧；怕温度不够，亲自拿把芭蕉扇不停扇火；火太旺，一不小心烧爆了，再做一个，再烧。如此反复，终于土法上马做成了几个。父亲小心翼翼把它们用旧报纸包好，为避嫌，自己不出面，嘱咐我们一家一家送去。没有片言只语，谨以亲手烧制的印章，表示“无边落木萧萧下，不尽长江滚滚来”的牵挂与安慰。

二十九

有位先生编了本画家大辞典，花了一年时间，寄给朋友去付印，到印出来了，编者的名字换成了他朋友的姓名。

有位老先生看到一个姑娘结婚没房子，就把自己的住房让给她结婚。可是过些时候，这房屋的户口变了，房票也变了姓名。

这种事非常可笑，但笑的滋味不是甜的。

你左手握笔，可以画松鼠、房屋、花卉。但你一支笔，从左手交给右手。那你满脑子的想象，松鼠飞跃在花丛中，房屋里有个人在看松鼠的跳跃，可是没有笔，就毫无办法。而那只右手却握得笔在画乌龟爬树登高，另一只乌龟在跳芭蕾舞。你叫道:这全是荒唐的，你不能画！右手答道:你左手没有笔，你说什么废话。于是乌龟登天了，天上美丽的宫妃接待着右手与乌龟。

我们家里不是有很多书，很多画么？有些人对我们恭敬往来，熟识了，就要借。我们就将左手的东西交给右手了。还有巧妙的，当你打一个喷嚏的工夫，他所喜欢的东西，就到了他之右手中。

是的，到我们家中，当然有很多好朋友，忠贞的志士。然而也有一群耗子，专门在暗处啃吱，冷不防蹿出来咬你一口。

你愿意将你左手的东西交给右手么？上帝。

祖国万岁
恩飞
四岁画

三十

松柏不畏严寒，青翠可敬！

特别松，或曲如虬龙，或直穿云霄。如黄山之松，植根于千尺峭壁之上，斜出一枝，在巍巍峰顶迎风招展。

秋末菊花，冬日寒梅，也有不可一世的傲骨与劲节。

所以，作为画家，画到这些内容时，不仅仅是作一幅画，而应该表达出它们的晚节，也是表达画家自己的晚节。

“晚节”有不屈的生命，有刚直的人格，将不可磨灭的光辉贯穿一生。画家要有晚节，用笔用墨用色不能媚俗、艳丽、幼稚；要有钢铁般的劲、玉石般的坚、冰雪般的纯，从平生刚毅不屈的意志中自然流露。

画家有晚节，做人也要有晚节，行若皎阳，动则磊落，心地光明，坦坦荡荡。

思老五岁画

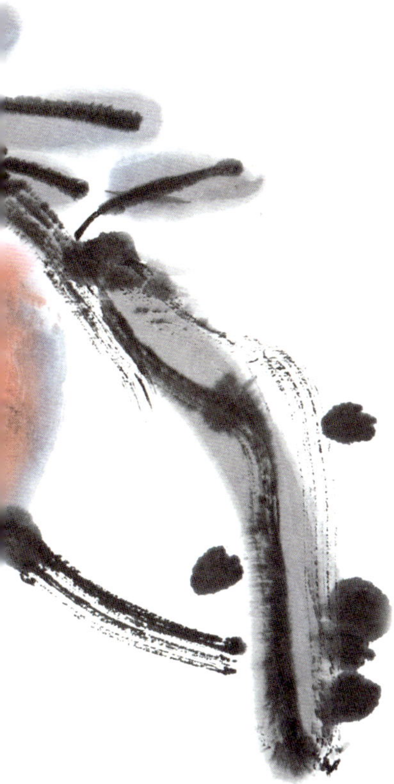

写完这些长吁一口气。孩子，外公心里明白不能陪着你们一路长大了，病魔折磨着我，几乎无法提笔。虽然字写得歪歪扭扭，只要你们读懂其中的道理，就会长大，就会成人，就会成为有用的人，外公在天堂也会笑出声来！

同济大学玄佁七十五岁试笔

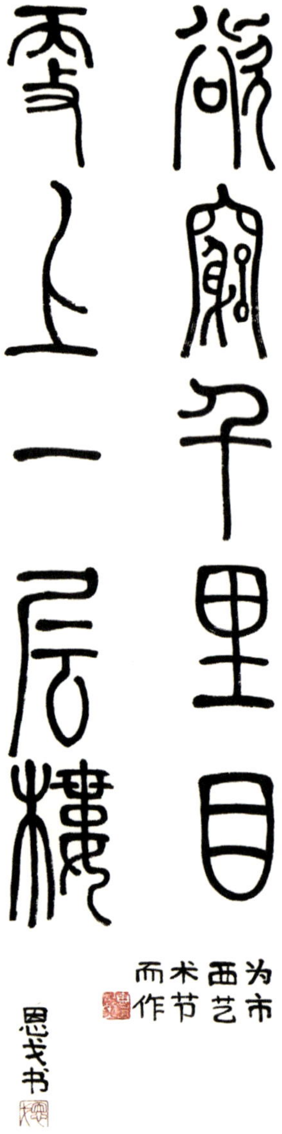
欲穷千里目
更上一层楼
为西市艺术节而作
思戈书

结 尾

再读《天下的故事》

《天下的故事》是外公在病重时写给我和妹妹的一本小书。

书虽不长，里面的内容却包含着如书名一样的“天下”，包含着外公一生的看见。在人生的任何时候读，都会有新的感受，新的体验，仿佛外公在身边细语，陪着我们成长。

第一次有记忆的读这本书是在十八岁出国的那年，就记得开篇的“积木”。是啊，人生何尝不是如儿童搭积木一般，每天给自己垒一小块，日积月累，每天都高一点点，不知不觉的时候就能看到山谷、河流、高楼、海洋，像外公一般感受天下。

从书中的徐霞客、李时珍、达尔文，到书外的伽利略、爱因斯坦……到现代的霍金、马斯克，人类从来未曾停下寻求未知的脚步。不过我们真的能全懂吗？好像知道得越多，不懂的就越多；不懂的越多，就越要去寻求、去懂，这忙忙碌碌的人类，究竟为什么要去追求无止境的知识呢？或许我到了外公的年纪，就能看到一点皮毛吧？有一点，我们个人的力量是非常有限的，想要有所突破，要么横着研究、要么竖着研究、要么精微地研究，四面开花的“大牛”像达·芬奇，估计是坐着时光穿梭机“穿越”来的了。

外公知道的“地理杂志”，就是美国著名的出版物《美国国家地理杂志》，我在大学里看了不少本，也从中学到了很多。外公不知道的是，现在的世界有了电脑、有了互联网、有了智能手机，知识信息可以随时随地拿取。

我们家也许继承了外公的爱好，都爱旅行。小的时候爸爸妈妈就带我们走了许许多多的城市、山川，那时交通还不方便，小朋友们都羡慕我和琼耳能到处旅行。上海周边的苏州、杭州、南京自然去过许多次，北京、广州、兰州、敦煌、黄山、庐山、香港，我至今都还深深地记着当时的情景。在黄山披着大棉袄看日出；在敦煌以鞋为笔、以沙为纸作的巨幅画；在香港为了一个玩具大吵大闹；在广州妈妈视察工地，我坐在招待所里做着作业；在杭州西湖乘着脚踏船。为人父母后才知道带着小娃出去的感受，爸爸妈妈辛苦了！

出国后依然喜欢到处旅行，碰巧我的太太也是旅行爱好者，我们一有机会就到处跑。美国也像中国一样很大，不知是不是开发晚的原因，感觉美国的山水磅礴有余，但就是缺了那么点灵性，不像中国的山山水水那么耐看。成年后每次回国走到一个新的地方，尤其是在人与自然有着舒适平衡的地方，总会有一种住下的冲动。苏州狮子林的太湖石，拙政园的亭宇；黄山的迎客松，猴子观海；丝绸之路上的敦煌洞窟，月牙泉；四川平乐的作坊、竹林；上海的外滩，北京的故宫，夜幕下的周庄，云雾中的庐山，细雨中的西湖，晨曦笼罩的云南梯田，都百看不厌。

因为地域的关系，欧洲去得不多，但是在法国普罗旺斯的那个清晨永远不会忘怀。印象派的画作一直是我的最爱，每有机会总会去各个城市的博物馆、美术馆看莫奈、雷诺阿、凡·高等人的展览，每次看展都佩服他们对色彩、对光影的处理和加工，引导着观众成为他们的眼睛，看着他们看见的景色，感受着他们的心境。七月的那天，我们入住了普罗旺斯地区的一个由修道院改建的旅馆，清晨起来在周围闲逛，站在一座石桥上往远处眺望，天啊，这就是一幅原生的印象派风景画啊！阳光还未刺眼，一层淡淡的雾气笼罩着桥下的水面、河边的田野、远处的丘陵，这蓝色，这绿色，这朦胧的隐藏在田野里的小小屋子，原来印象派居然是写实派！在那个瞬间，我就像发现了宝藏的阿里巴巴，忍不住赞叹大自然才是真正的艺术家，是人类艺术家的导师！写到这里，又不由自主地要感谢我的外公外婆、我的父亲母亲、我的老师们，从小给了我们美的教育，给了我们发现美的眼睛，给了我们享受美的恩赐。

依附于人，或有成功；依附于人，必无成就。外公的这句话虽然简短，实践起来却是多么艰难。历史上、现实中，有多少人为了五斗米折腰，为了果腹放弃自己的梦想。我想我不会否定做出这种选择的人，但会更为敬重像外公一样一辈子挺直腰杆做自己的人，正是他们的搏斗，他们的坚持，甚至他们的牺牲，才让我们后人有机会欣赏文学艺术百花齐放的盛况。

乌龟和青蛙的故事来来回回读了好多遍，总觉得一知半解，还没有看懂，也许再过二三十年会有些新的体会吧。

在中国画的各类流派里，我也是特别钟情写意画。写意画讲究意到笔不到，靠着笔墨的层次、画面的结构引人有所思、有所想。欣赏作品的观众因为心情、经历、年龄等各不相同，他们看着同样一幅画能够生发出不同的思绪，就如“造化问答”里的“造化”千变万化。哈，写意画派居然也是写实派，写的是千变万化的“实”。

《清明上河图》作为工笔画的代表是毫无疑问的，画作中每个人的一举一动、一颦一笑，每幢建筑的一砖一瓦，每棵树的一枝一叶，都勾勒得栩栩如生。我小的时候在画“敦煌印象”系列的时候也试着画过这样的细节，记得是敦煌莫高窟入口处的那个牌坊，光画牌坊顶上的瓦片就花了好几个小时，其间的挑战不仅仅在于我的耐心、笔力，更在于画细节的同时对整体效果的把握。实在难以想象《清明上河图》的作者在好几年的创作时间里是怎样对整体画面进行把控的。如果有天堂，真的好想跟他同桌饮茶，听他对创作的过程娓娓道来，那该是怎样的一种享受啊！

程十发，国画大家，也是我的老师，虽然在他身边的时间只有不到十年。外公知道他是一位国画大师，但不知道他更是一位难得的良师。我九岁那年，在父亲、母亲和尹公公（尹口羊老先生，那时候对年纪大的老师我们亲切称为公公）的引荐下，有幸拜在程十发、韩天衡两位老师门下学习书法和绘画。两位老师言传身教，不仅仅在艺术上，更成为我人生成长中的导师。在程公公去世的时候，我写了这样一首拙诗纪念：

昨晚突闻恩师噩耗，涂鸦一首缅怀恩师在天之灵

忆当年，
鞠躬拜师十岁童；
入师门，
满屋嬉笑不经事。

待成年，
踏出国门闯异乡；
哪料得，
十载匆匆见两面。
看小女，
方知先生用心苦；
憾终生，
未曾与师交心谈。
顿释然，
以身为教画通心；
今望天，
一日为师终生父。

不孝弟子恩戈叩拜
2007年7月20日

“君子之交淡如水，水是多么透明无迹啊！”现代社会里君子之交实在是可遇而不可求了，如今人与人之间的关系是那么复杂，社交学、厚黑学、成功学，人际关系充斥着整个社会，主宰着我们每天的言行，“透明无迹”或许只是一种奢望了。

——像我吐出的烟雾一样，总有一天一切消失。

——呕出多少心血写成诗册，参加过多少繁华的社交，有过一个显赫的家族，然而我将把它吞云一般的吞掉，像雾一样吐出。

——一切多有个大变。那是大气层中的事，有所喜爱，你就不怕一切地喜爱它吧！

外公，我们真的舍得把人世间的声名显赫如雾一样吐出，真的能不怕一切地去喜爱我们所喜爱的吗？

外公，又一次读了你的“天下”，又一次走了你的“历程”，有太多的感受想与你分享，有太多的问题想向你请教。期待今夜在梦里和你畅游“天下”，对话“造化”。

恩戈

二〇二二年四月笔

串串紫藤对我笑
思戈七岁画

给外公的一封信

外公，亲爱的外公：

我与你的生命交集不长，你生活的点点滴滴都是妈妈告诉我的，但你是我的偶像。我与你有一种长久的、温暖的神交。

外公，你是我的偶像，因为你精通来自中国传统的国画、书法、篆刻，来自西方的素描、水彩、油画与雕塑，同时你还热衷于考古，通过考古来探究历史。妈妈告诉我许多关于你的满腔热忱、执着追求、严谨学术、豪放助人的故事，你生命的密度应该是我的若干倍。我一直对自己说，要是我可以在你身边多生活几年，由你雕琢，我将成为一个比现在优秀的人。

外公，你知道吗？你是妈妈心中最完美的人，她每次说起你，都是充满敬仰，充满爱，充满自豪。她告诉我你如何宠她爱她，在“文化大革命”物资匮乏的年月，将角落里抄家幸存的一块波斯地毯卖掉，给她买了新出厂的“海鸥 4C”相机，圆了她想学摄影的艺术梦。妈妈佩服你的睿智远见，佩服你治学的严谨态度和科学的思考方法，佩服你不人云亦云、不依附于人，佩服你独立思考的顽强性格。妈妈非常想念你。最近几年，她全身心投入整理出版你留下的学术著作、画作，将你的研究成果与众人分享，这也是她与你在两个不同世界中一起工作的最好方式。

外公，在我眼里，你是一个热爱生活、浪漫的外公，你与好婆的浪漫爱情故事写在纸上，你画的俏皮动人的外婆形象留在我们心中，你送给外婆的“谨奉雪梅一枝问夫人”的墨梅立轴挂在墙上，你把我们曹家渡的四十平方米打造成一个充盈着艺术、满溢着爱的家，我和哥哥在这个家中出生、长大，处处有你的痕迹，处处可以摸到你的爱！你在我们曹家渡小院子里种的紫藤，在你去世那年灿烂绽放，此后年年盛开。我们搬离曹家渡后一直念着紫藤，两年前，我与妈妈一起在我们法国波尔多一千五百多年的“爱法帼”古堡，又种下了一棵紫藤，相信你也到了法国，一定看到了盛开的紫藤。

在你写给我和恩戈的这本书的第二十三章，提到关于“隙”的片段：“隙，也是一个天下，是造化间余裕。二板之间有隙，仅可容虫。星与星间之隙，乃成天地。”两个画派之间为隙，艺术与设计之间为隙，两个文化之间亦为隙。此隙，即两者未到之处。又说：“在人无此才能以掌握之精灵，则其难可知。”“攻坚以求，成败难定。”“学文化艺术，能参看一些前人的东西，比闭门造车的人，进步要快一些。”“寂寞的人世间，不可解答的问题，多得很；不可言说的故事，也多得很；不可能的疯狂也是不可胜数。因而智慧这东西，有时往往也是一个谜！”外公，每当我细细品味你留下的画作，我都会为你作品中的超越你所在时代的先锋与前卫而惊叹，触类旁通而与众不同。我也想试图填这个“隙”，用我微薄的力量连接我的东与西，连接我的人与自然，探求两者未到之处！

当我们把一个世纪前、半个世纪前你的作品放到今天，它们还是如此经典隽永；当我们把你的学术研究、人生哲学放到今天，它们还是如此充满能量与力度。也许只有把今天的作品放到百年、千年历史长河中，我们才能真正理解什么是承上启下：所谓“承上启下”，所传承的不是看得见的形体，而是支撑形体的精神。汲取这种精神并将之运用在现代，这才是“承上启下”的真意。

你写给我和恩戈的书里的每一个字、每一段话，都是你全部生命的感悟，一生智慧的结晶。你用最简单的字词，表达着你心灵的触动；用孩子们听得懂的话，阐述着生命的意义，艺术的真谛。十岁的我、二十岁的我、三十岁的我、四十岁的我……年龄在增长、时光在流逝，每次阅读都有不同的感受。

最近，为了《天下的故事》预备出版，我又来来回回读了几十遍，真正感悟到你分享的艺术与生活、自然与世界之间的哲学。每次读到最后关于做人要有“晚节”的章节，都是心潮澎湃，热泪盈眶！“松柏不畏严寒，青翠可敬！”“作为画家……不仅仅是作一幅画，而应该表达出……画家自己的晚节。”“‘晚节’有不屈的生命，有刚直的人格，将不可磨灭的光辉贯穿一生。”“画家有晚节，做人也要有晚节，行若皎阳，动则磊落，心地光明，坦坦荡荡。”我能感受到你在病床上写下这些“歪歪扭扭”的文字时候，心中的波涛与感叹。

外公，亲爱的外公，我知道，你在病床上写这本书的时候，你心里明白不能陪着我们一路长大了；我知道，病魔折磨着你，你几乎无法提笔了；我知道，只要读懂书中的道理，我们就会长大，就会成人，就会成为有用的人。你知道吗？这本书将陪伴我们一生，并且继续陪伴我们的孩子们。我知道，这本《天下的故事》，岂止是写给我和哥哥，这是写给天下人的故事！

外公，有一天，我会来天堂，钻进你的怀抱，与你团圆！

我想你，亲爱的外公！

琼耳

二〇二二年四月

蒋玄佁

1 恩戈

2 琼耳

3 4 5 恩戈和琼耳

1 蒋玄佁工作中
2 琼耳
3 恩戈和琼耳
4 蒋玄佁为妻子所作油画
5 慧诘

1 蒋玄佁与妻子朱秀荫、女儿蒋慧诘

2 恩戈和琼耳与好婆在一起

3 恩戈和琼耳

4 5 8 恩戈和琼耳

6 琼耳

7 恩戈

❶ 全家福

❷ 慧诘和恩戈、琼耳

❸ 好婆、慧诘与恩戈一家

❹ 祖孙三代，罗马弗罗伦萨游学

1 恩戈在敦煌沙漠上作画
2 琼耳长子蒋若一
3 琼耳三女儿岚岚

4 琼耳二女儿菲尔
5 恩戈大女儿幼时涂鸦
6 菲尔作品

1 2 恩师程十发

3 韩天衡指导

4 琼耳

5 琼耳在创作中

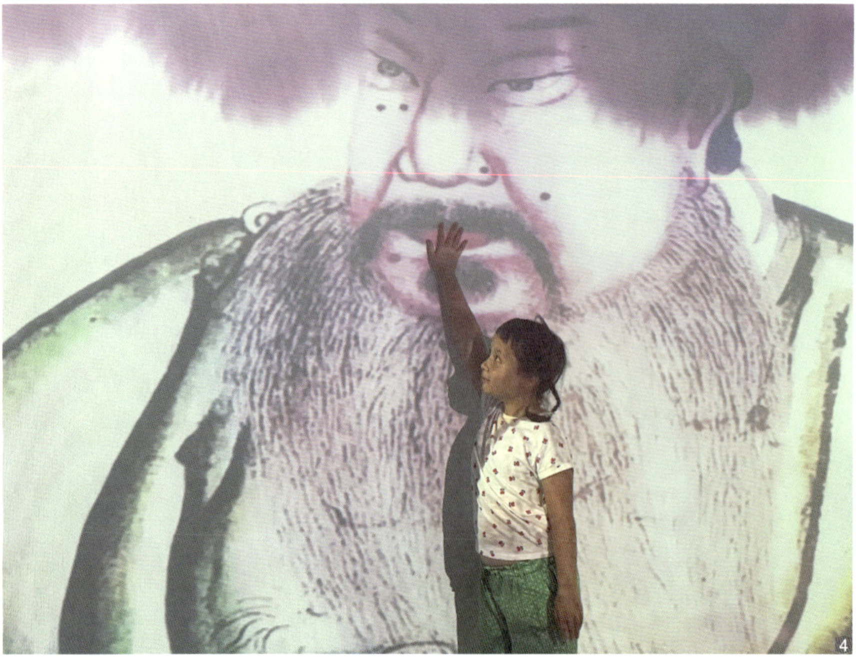

1 菲尔

2 琼耳与二女儿菲尔

3 菲尔和岚岚

4 岚岚

天艺文化基金
TIANYI FOUNDATION
CRAFTS INNOVATION

画作版权

蒋玄佁 P42 P49 P52 P64 P83 P84 P102-103 P105 P126
邢恩戈 P7 P11 P14 P16-17 P18 P26 P27 P28 P34-35 P40 P54 P57 P61 P68 P75 P76 P80 P88 P96 P98 P100 P107 P109 P114-115 P118 P134 P141 P144-145 P149 P150 P152-153 P154 P162
蒋琼耳 封面 P8 P12 P20 P24 P29 P31 P37 P39 P44 P46 P58 P59 P62 P66 P70 P79 P87 P93 P111 P120 P122 P124 P143 P147

图书在版编目（CIP）数据

天下的故事：写给恩戈和琼耳 / 蒋玄佁著 . -- 上海：上海文化出版社，2023.9
ISBN 978-7-5535-2819-9

Ⅰ . ①天… Ⅱ . ①蒋… Ⅲ . ①随笔－作品集－中国－当代
Ⅳ . ① I267.1

中国国家版本馆 CIP 数据核字 (2023) 第 172287 号

出 版 人：姜逸青
责任编辑：罗　英　张　彦
整体设计：袁银昌　李　静
设计排版：袁银昌平面设计工作室　胡　斌

书　　名：天下的故事——写给恩戈和琼耳
著　　者：蒋玄佁
辅文撰写：蒋慧诘　邢恩戈　蒋琼耳
图文整理：蒋慧诘　张　翠
出　　版：上海世纪出版集团 上海文化出版社
地　　址：上海市闵行区号景路 159 弄 A 座 3 楼 201101
发　　行：上海文艺出版社发行中心
　　　　　上海市闵行区号景路 159 弄 A 座 2 楼 201101 www.ewen.co
印　　刷：上海雅昌艺术印刷有限公司
开　　本：787 × 1092 1/16
印　　张：11
印　　次：2023 年 11 月第一版 2023 年 11 月第一次印刷
书　　号：ISBN 978-7-5535-2819-9/I.1090
定　　价：98.00 元

告 读 者：如发现本书有质量问题请与印刷厂质量科联系（T：021-6879899）